AF236258

Stephanie Wilkin

Die Lichter von Lunar

...und das Geheimnis des blauen Goldes

Roman

FSC
www.fsc.org
MIX
Papier aus ver-
antwortungsvollen
Quellen
Paper from
responsible sources
FSC® C105338

Erste Auflage 2022

©Stephanie Wilkin

Alle Rechte vorbehalten, insbesondere das des öffentlichen Vortrags sowie der Übertragung durch Rundfunk und Fernsehen, auch einzelner Teile. Kein Teil des Werkes darf in irgendeiner Form ohne schriftliche Genehmigung der Autorin reproduziert oder unter Verwendung elektronischer Systeme verarbeitet werden.

Covergestaltung und Illustrationen: Stephanie Wilkin

Herstellung und Verlag: BoD - Books on Demand, Norderstedt

ISBN 978-3-7568-4096-0

Dieses Buch ist ein Fantasy-Roman. Darin beschriebene Handlungen und Personen sind frei erfunden. Ähnlichkeiten mit lebenden oder toten Personen sind rein zufällig.

Für meine Eltern

Ohne sie

hätte ich meinen persönlichen Kampf

gegen das Böse verloren...

Stephanie Wilkin, 1964 in Thomm geboren, arbeitete nach ihrem Schulabschluss über dreißig Jahre als Sozialversicherungsfachangestellte. Durch ihre Mutter übertrug sich in Kindheitstagen bereits die Begeisterung für spannende Bücher und später insbesondere für Thriller. Nach ihrer schweren Krebserkrankung in 2007 sah Stephanie ihren weiteren Weg darin, anderen Frauen in ähnlichen Situationen zu helfen und ihnen Mut zu machen. Ihrem liebsten Hobby, der Malerei, ist sie seit ihrer Kindheit dabei immer treu geblieben. Als persönlichen Erfolg wertet sie positive Rückmeldungen der Frauen, die wieder gesund wurden und eine Urkunde des Luxemburg Art Prize 2021. Sie wird verliehen an Künstler, deren `künstlerischer Verdienst und Talent besonders hervorstechen`. Mit ihrem Roman erfüllt sie sich einen *lang gehegten* Wunsch, der durch `Herr der Ringe` entstanden war und nach ihrer Krebserkrankung immer bedeutsamer wurde.

Inhalt

Beschützertiere

Drakarr

Brumarr

Albina

Lisseja

Falkarr

Punkarri

Lorrja, die weiße Stadt

Hylar

Flamme von Thumar

Lebensbaum

Grotte des Lichts

Mittelpunkt von Lunar

Darrcon

Farworras, größte Stadt auf Farw

Brock´s Höhle

Vorwort:

In einer längst vergangenen Zeit wurde Brockon, der dunkle König vom Göttlichen vernichtet und von der ersten Ur-Ahnin Salixia unter den Wurzeln des Lebensbaumes vergraben.

Durch schwarze Magie kam er zurück und zerstörte viele Leben. Nach endlosen Kämpfen und Schlachten gelang es erneut, ihn und das Böse zu verbannen. Salixia sollte den Geist des dunklen Königs für immer fest verschließen, ihn an einen abgelegenen Ort im Universum bringen und diesen mit einem magischen Schloss umhüllen.

Lunar erhielt ein zusätzliches Schutzschild, um die Schatulle mit ihrem wertvollen Inhalt vor der dunklen Magie zu verbergen. Auf den Monden wurden das Feuer, das Wasser und der Wind bewahrt, auf Terrar sollte die reine Erde ihren Platz finden. *Menschen* sollten als neue Herrscher schwören, das Gute zu vermehren und die Elemente mit ihrem Leben zu beschützen. Als Brockon vor seinem Tod einen letzten Giftpfeil in das Herz einer Feindin pflanzte, konnte niemand ahnen, dass ihr aller Schicksal damit besiegelt war.

Namen und Erläuterungen

Lunar: **1. Planet des Universums**

Heimat von Ur-Ahninnen, Feen, Fabelwesen

Herrscherin: Feenkönigin Efania
Lichtgestalt mit langem, schwarzem Haar und
strahlend blauen Augen, die alle Farben des
Meeres in sich tragen
verliebt sich in Barrnon bei der ersten
großen Schlacht auf Terrar

Ihre treuesten Kriegerinnen und Verbündete
sind die Feen Eristin, Gardia, Arina, Ilkarri und
Gamarra

Besonderheit: Der Lebensbaum und seine
heilenden Kräfte
Das Geheimnis: Die Wirkung des blauen Goldes

Wächter: Waldrag, Heris, Lorr, Waldgeister von
Lunar

Terrar: **2. Planet des Universums**

Ursprüngliche Heimat der Menschen
Herrscher: König Naransorr, Sohn des alten Königs Terus, der in der großen Schlacht auf Terrar gefallen war
Naransorr ist groß, erhaben, besonnen, gerecht
Blondes Haar, blaue Augen
Ehefrau ist Lana, Fee von Lunar, jüngere Schwester von Efania
Anmutig, langes, helles, weißblondes Haar, grünblaue Augen
Bewohner: Moseaner und Waldarier
Natur liebend

Besonderheit: Merlon, Berater des Königs, Magier von Terrar
Merkmale: Blaues Cape, Kugel der Wahrheit und magischer Amethyst

Wächter: Thorass,
Befehlshaber der königlichen Garde,
König Naransorr´s bester Freund und Vertrauter
und seine beiden Söhne

Thumar: **Mond des Feuers**
Herrscher: Barrnon, Nordmann
Vater von zwei Söhnen
Groß, braune lange Haare, braune Augen
Seit der großen Schlacht gehört sein Herz
Efania
Bewohner: Thumaren, Nordmänner,
oft ungestüm, feurig, kräftige Statur mit Bart
und starken Muskeln
Ehefrauen kämpferisch und mutig
Bei Gefahr sind sie heiß und
vernichtend wie das Feuer
Wächter: Farron und Serrcon, Barrnon´s Söhne
und Drakarr, der Drache

Osbur: **Mond des Wassers**
Herrscher: Karracx, jüngster Bruder Barrnon´s
Braune Haare, Zopf, braune Augen
Ehefrau: Xenara
Rotbraune, lange Haare, blaugrüne Augen
Bewohner: Osburen
ruhigere Naturen, besonnen
Ehefrauen sanftmütig und weise
Bei Gefahr sind sie stürmisch und stark
wie das Meer
Wächter: Die Ältesten von Osbur
und Brumarr, der Braunbär

Farw: **Mond des Windes**
Herrscher: Retarr, jüngerer Bruder Barrnon´s
Braunschwarze Haare, braune Augen
Ehefrau: Morrja
Blonde, lange Haare, blaugraue Augen
Bewohner: Farwier
ausgeglichen
Ehefrauen mutig und beherzt
Bei Gefahr sind sie wendig und
schneidend wie der Wind
Wächter: Isol und Ehemann Ankar
und die Falken

Beschützertiere von:

Barrnon:	**Drakarr,** der Drache
Efania:	**Punkarri,** die weiße Tigerin **Lisseja,** die Leopardin
Lana und Naransorr:	**Albina,** die weiße Stute
Karracx:	**Brumarr,** der Braunbär
Retarr:	**Falkarr,** der Falke

Die Tiere wählen ihre Menschen oder Feen selbst aus und bleiben ihr Leben lang mit ihnen eng verbunden.

Ur-Ahninnen von Lunar

Salixia: Erste und älteste aller Ur-Ahninnen
Hüterin allen Lebens und rechte Hand des Göttlichen

Jessaria: Herrin von Feuer und Erde, Hüterin des Lebensbaumes

Lenara: Herrin von Wasser und Wind, Hüterin des Lebensbaumes

Hylar: Drachen-Gefährtin von Drakarr
Mutter von Darrcon, ihrem gemeinsamen Sohn

Bei der vergangenen großen Schlacht gegen das
Böse wurde sie mit schwarzer Magie belegt und
so auf ewig an das Böse gebunden.

Brock: **König Brockon** war der *erste* Mensch im Universum. Er war von Anfang an böse und strebte nach immer mehr Macht. Er war gierig und kannte keine Grenzen. *Er* war der einzige Fehler des Göttlichen. Deshalb verwandelte ihn das Göttliche zu Staub und verbannte seinen Geist unter die Wurzeln des Lebensbaumes im Erdreich. Der *zweite* Versuch des Göttlichen, die Ur-Ahninnen, war besser. Sie ehrten die gesamte Schöpfung und alles was folgte, war vollkommen.

Als Brockon und *mit ihm* das Böse wieder erwachte, begann der erste Krieg um alles Leben im Universum. Von da an nannten sie ihn **Brock, den Dunklen.**

Kapitelübersicht

Die Versammlung

Wie sollte sie es Allen nur sagen? Gleich wären sie versammelt und sie musste ihnen die schreckliche Wahrheit erzählen. Sie hatte es gehört...letzte Nacht. Dieses Geräusch, dass für immer verschwinden sollte. Damals wurde *er* doch vernichtet und sein Geist verbannt. Aber nun war er wieder da. Und sie mussten ihn bekämpfen. Erneut...

Efania stand am Fenster in ihrem Gemach. Die große Narbe direkt über ihrem Herzen schmerzte heute besonders stark. Das Böse hatte damals gewaltige Spuren hinterlassen. Jeden Tag wurde sie an ihren Kampf mit der Dunkelheit erinnert. An ihren guten Tagen jedoch ließ sie es zu, ein wenig zu träumen. Sie schaute von der linken Empore aus in Richtung Norden. Von hier konnte Efania den Mond Thumar in seiner ganzen, leuchtenden Pracht sehen und wünschte sich oft, dass alles anders gekommen wäre. Damals war ihr nicht klar, ob und was sie fühlte für *ihn*. Oder sie wollte es sich einfach nicht eingestehen. Zu groß waren ihre Angst und die Wunden der Vergangenheit. Immer wieder gab es Momente, in denen sie auch an *ihrer* Aufgabe zweifelte. Ob *das* wirklich ihre Bestimmung war?

Sie *musste* damals von vorne beginnen. Es war eine riesige

Herausforderung! Doch spätestens nach der großen Schlacht hatte sie die innere Kraft und auch den Mut dafür! Aber der Preis dafür war sehr hoch. Und dieser Preis war ihre Einsamkeit.

Ihr größter Trost waren ihre Beschützertiere. Sie waren immer an ihrer Seite. Die beiden Raubkatzen waren ganz besondere Wesen, die ihre Herrin niemals aus den Augen ließen. Ihre Verbundenheit wuchs immer mehr und kein anderes Wesen würde jemals diese Bande lösen können! Sie waren in jeder Hinsicht schon immer ihre Lebensretter. Lisseja war eine Raubkatze durch und durch. Äußerlich hatte sie das Fell eines Leoparden. Ganz tief in ihr schlummerte noch die Wildheit ihrer Vorfahren. Sie war in der Nähe von Efania immer achtsam und angespannt. Sobald sich ein fremdes Wesen näherte, ging sie in Kampfstellung und fauchte. Punkarri war anders. Sie war sanftmütig und anschmiegsam. Fast schneeweiß war ihr Fell und ihre Augen strahlten in einem hellen Türkis. Während Lisseja ihre Zeit wachsam in nächster Umgebung ihrer Herrin verbrachte, brauchte Punkarri immer wieder den direkten Kontakt mit Efania. Wenn man *sie* suchte, konnte sie *nur* bei ihrer Herrin sein.

Heute war Lisseja besonders angespannt. Selbst Punkarri wurde sehr nervös. Sie spürten genau, dass irgendetwas anders war als sonst. Es war Zeit. An der Seite von Efania machten sie sich gemeinsam auf den Weg. Mit klopfendem Herzen ging die Feenkönigin den Gang entlang, wissend, auch *ihn* das erste Mal wiederzusehen. Würde sie ihn noch erkennen? Hatte er sich verändert? So viel Zeit war seitdem vergangen. In Gedanken versunken erreichte sie die Halle.

Tief in ihrem Inneren fühlte sie immer noch die alte Angst. Sie fasste Schutz suchend nach ihrem Amulett, fast so, als ob es ihr für die Ankündigung die nötige Kraft schenken könnte.

Die große Halle war das Wahrzeichen von Lunar. Riesige Pfeiler aus schneeweißem Stein trugen das Dach. Wunderschöne Verzierungen und Abbildungen der vier Elemente schmückten die vordere Fassade. An beiden Seiten befanden sich Emporen, die den Blick über das weite Land und zu den drei Monden ermöglichten. Die Halle thronte wie ein riesiger Vogel mit ausgebreiteten Schwingen über dem Versammlungsplatz oberhalb der weißen Stadt Lorrja.

Sie waren Alle gekommen! Von jedem der Monde und auch von Terrar sind sie ihrer Einladung gefolgt. Wenn die Feenkönigin von Lunar sie zu dieser Zusammenkunft aufforderte, musste etwas Bedeutsames geschehen sein!

Die Versammlung verstummte sofort, als sie in ihrem weißen Sternengewand erschien. Langes, dunkles Haar umgab ihre zarten Schultern. Sie hatte sich kaum verändert. Ein Diadem mit dem hellsten aller Mondsteine war ihre Krone. Efania strahlte ebenso im Licht wie der Stein selbst. Jeder hier Anwesende richtete den Blick nach oben. Die Katzen waren unruhig. Aber eine kleine Berührung von ihrer Herrin beruhigte sie. Beide legten sich auf der obersten Stufe der Treppe nieder. Von dort hatten sie alles im Blick. Efania schritt fast schwebend hinunter bis zum Versammlungsplatz.

Alle konnten sich noch daran erinnern. Sie hatte den Kampf gegen das Böse aufgenommen und es am Ende besiegt. Niemand hier hatte auch nur den leisesten Hauch eines

Zweifels, dass sie als Feenkönigin für den Schutz aller Monde und Planeten da sein würde.

Seit damals war sie noch schöner geworden! *Er hatte sie so sehr vermisst.*

Nach der großen Schlacht durften keine *Menschen* mehr auf Lunar leben. Der Planet *musste* besonders beschützt werden. Efania wurde ihre *neue* Aufgabe als *Hüterin* der Schatulle auferlegt. Sie *konnte* nur auf ihrem Heimatplaneten bleiben. Ein Schutzschild aus den Lichtern von Lunar verhinderte künftig jegliches Eindringen oder Entkommen. Als *Feenkönigin* hatte sie eine *ebenso* große Verpflichtung für alle Bewohner von Lunar.

Auch *er* hatte keine Wahl. Er musste sich wie jeder andere Mensch *auch* an diese Bestimmung halten! Er hatte als Herrscher von Thumar geschworen, sein Volk zu beschützen und das war *seine* große Verantwortung. Aber jetzt, als er ihr Antlitz erblickte, kamen die Gefühle für sie umso stärker zurück. Damals konnte er nichts tun. Seine und Efania's Aufgaben waren wichtiger als alles Andere. Jetzt schien es, dass sie erneut kämpfen mussten gegen das Böse! Aber dieses Mal würde er auch *um sie und ihre Liebe* kämpfen!

Efania erhob das Wort „Meine lieben, treuen Gefährten, Bewohner von Lunar und Terrar, und Alle, die von den drei Monden heute zu uns gekommen sind...ich habe Euch heute nicht ohne Grund hierher gebeten. Das Schutzschild wurde für Euch geöffnet, weil es wahr ist. Was bisher vielleicht als Gerücht zugetragen wurde, ist eingetroffen. Einige von Euch haben das Geräusch selbst gehört. Und es war kein Traum! Das

Böse im Universum ist erwacht! Die Verbannung wurde durchbrochen!"

Ihm stockte der Atem. Er, Barrnon, Herrscher von Thumar, dem größten der drei Monde hatte es selbst vernommen. Wie konnte er dieses Geräusch jemals vergessen? Und wie konnte er nur zweifeln? Alles kehrte zurück in seine Gedanken. Die fast vergessenen Bilder der Schlacht kamen hoch, als er nicht nur um *ihr* Leben kämpfte und sie sich am Ende gemeinsam aus den Klauen des Bösen befreien konnten.

Die Farwier waren in heller Aufregung und schrien durcheinander. „Aber wir haben den Wind immer bewacht ! Niemand kann unseren Wind gestohlen haben." Ebenso die Osburen. „Nein, das kann nicht sein. Der Damm wurde nicht beschädigt! Das Wasser ist noch immer an Ort und Stelle, ganz sicher!"

Barrnon erhob sich. „Verzeiht meine Königin. Ich hätte Euch schon früher eine Nachricht senden sollen. Die Flamme von Thumar ist in *meinem Traum* letzte Nacht erloschen. Ich habe es nicht wahr haben wollen. Aber als wir Eure Botschaft erhalten haben, bin ich selbst zum geheimen Ort und sah es. Noch brennt sie, aber sie wurde bereits *schwächer*. In diesem Moment wusste ich es...mein Traum war keine Täuschung. Der Geist des Bösen muss einen neuen Weg gefunden haben. Nur was *genau* geht hier vor? Was ist *noch* geschehen?"

Efania´s Augen wurden traurig. „Einer der Wächter *des Tores* wurde getötet! Die anderen beiden ringen noch um ihr Leben." Entsetzen ging durch die Menge. „Sie hatten vergiftete Erde an ihren Händen. Sie schimmerte ganz schwarz. Das Geräusch in der Nacht muss sie von ihrem Posten aus in eine Falle gelockt haben, genau wie es mich und viele andere aus dem Schlaf gerissen hat."

Alle riefen durcheinander. „Welcher Wächter wurde ermordet? Wer ist durch das Gift gestorben?"

„Es ist Lorr" sagte Efania. „Er war unser stärkster Beschützer. Mein Licht konnte ihm nicht mehr helfen. Ich fand sie nicht weit vom Tor. Die anderen lagen bewusstlos am Boden." „Was ist mit Waldrag, und was mit Heris?" fragten einige Bewohner ängstlich. Die Hüterin wurde sehr leise. „Sie schweben noch in größter Lebensgefahr. Ich habe wenig Hoffnung. Das Gift arbeitet sich weiter vor. Ich konnte es zwar stoppen aber ihre Augen sind schon ganz dunkel. Lorr konnte vor seinem Tod noch ein paar Worte sagen...`*Er ist wieder da, Herrin. Es muss der Geist von Brock sein! Er baut wieder eine Armee auf. Krähen haben uns überfallen! Meine Königin, ihr müsst ihn aufhalten!*` „In diesem Moment sind unsere Ur-Ahninnen bei Waldrag und Heris und versuchen ihr Leben mit allen Mitteln, die uns zur Verfügung stehen, zu retten. Brock muss einen Weg gefunden haben, wieder seine Krähen zu erschaffen. Jene, die uns *schon einmal* vernichten wollten. Wir müssen einen besseren Schutz schaffen, bevor er weiteren Schaden anrichtet. Wir dürfen es nicht zulassen, dass er wieder seine Gestalt annimmt. Ich brauche Eure Hilfe. Die Schatulle und unser Lebensbaum dürfen auf keinen Fall in seine Hände fallen.!"

Retarr, Herr des Windes und sein jüngerer Bruder Karracx, Beschützer des Wassers standen gleichzeitig auf und sahen zu Barrnon und dann zu Efania. „Herrin" rief Karracx „Ihr konntet ihn schon einmal gemeinsam mit uns Menschen zurück in seine dunkle Welt verbannen. Wir stehen Euch mit unserem Kampfgeist und aller Kraft auch dieses Mal zur Verfügung! Was sagt Ihr, Bruder, Herrscher von Thumar?"

Barrnon wollte nicht wieder so viele Leben opfern müssen. Zu nah waren noch die Erinnerungen an den letzten Krieg. Aber welche Wahl hatten sie schon? *Brock* durfte auf keinen Fall in den Besitz der Schatulle gelangen. Dann wäre alles Leben im Universum erneut in Gefahr. Er erhob sich. „Wir sollten auf jeden Fall die Schatulle an einen anderen Ort bringen, bevor Brock ahnen kann, wo sie wirklich ist. Dann lasst es uns tun und uns erneut gemeinsam auf den gefährlichen Pfad des Todes begeben. Wir *müssen* alles beschützen, was uns wichtig ist und was wir lieben!" Bei den letzten Worten blickte er Efania tief in ihre Augen. „Ruft alle Krieger, die uns heute hier zur Verfügung stehen zusammen. Efania, mit Eurem Befehl machen wir uns so schnell wie möglich auf den Weg. *Ihr* müsst entscheiden, wo die Schatulle sicherer ist als hier auf Lunar. Das wird Brock mit großer Wahrscheinlichkeit *zuerst* vermuten, sobald er das offene Schutzschild wahrnehmen kann.

„Wartet!" Naransorr, König von Terrar trat nun in seiner stattlichen Größe vor. Sein Auftreten war erhaben und er war seinem Vater sehr ähnlich. Halblanges, blondes Haar umrahmte sein männliches Gesicht. Unter seiner silbernen Rüstung trug er ein mit Gold besticktes Wams mit dem Zeichen des Königshauses von Terrar. Darunter konnte man seine kräftigen Muskeln und starken Arme nur erahnen. Er sprach laut und fordernd. „Wir dürfen Nichts überstürzen! Brock hat das letzte Symbol des Tores noch nicht öffnen können. Er wird damit rechnen, dass wir die Schatulle von hier wegbringen werden. Wir wissen nicht, was er inzwischen alles bereits wieder sehen kann. Vorsicht ist bei Allem geboten, was wir nun tun!" Naransorr beschwor weiter zur Besonnenheit. „Es ist uns wohl Allen ein Rätsel, wie er es schaffen konnte, das Schloss der Verbannung zu brechen. Er *muss die Kräfte unserer Elemente* irgendwie genutzt haben, *obwohl* sie bewacht und verschlossen sind. Er wird ganz sicher als Nächstes versuchen, den Käfig zu öffnen, damit er *sie* auf seiner Seite hat. Vielleicht wartet er gerade darauf, dass wir ihn direkt zur Schatulle führen! Es muss einen anderen Weg geben! Zuerst sollten wir uns aufteilen und herausfinden, wo er sich versteckt und ob er bereits eine Armee aufbaut! Noch wissen nur wenige von dem geheimen Ort, wo die Schatulle aufbewahrt wird. Und diejenigen gilt es zu beschützen! *Barrnon*, meine Königin Lana wird Euch nach Thumar zurückbegleiten. Unsere Kriegerinnen werden ebenfalls an Eurer Seite sein. Ihr müsst unbedingt verhindern, dass er die Flamme von Thumar ganz an sich reißt und danach dann den Käfig *hier* auf Lunar öffnet.

Plötzlich erschraken alle Anwesenden! Das Geräusch war genauso laut wie das der letzten Nacht. Danach herrschte eine gespenstische Stille. Selbst die Vögel verstummten. Es war zu spät! Ein weiteres Schloss war gebrochen und dieses Mal hier ganz in ihrer Nähe. Ein grausamen Lachen hallte durch das Universum und ließ ihnen das Blut in den Adern gefrieren. Efania wusste sofort, dass sie sich beeilen mussten. Sie hatte selbst damals das Monster an den Ort der Gefangenschaft bringen müssen. Niemand anderes hätte es sonst gekonnt. Sie fing sich als Erste! „Er hat das Schloss des Käfigs gebrochen! Das Monster wird bald hier sein. Wir müssen mit den Bewohnern fliehen und den Lebensbaum beschützen. Ilkarri und Gamarra, ...ihr begleitet den König und die Krieger. Zeigt ihnen den Weg zur Grotte des Lichts und bringt die

Schatulle von dort nach Terrar zu Merlon. Schnell!"

„Das Schutzschild lässt sich nicht mehr schließen!" rief eine der Ur-Ahninnen aufgeregt. „Sie sind bestimmt schon auf dem Weg hierher!"

König Naransorr gab schnelle, kurze Anweisungen. „Retarr, sendet Späher nach Terrar. Sie sollen Merlon, den Magier, über die Geschehnisse informieren. Und zwei weitere nach Thumar. Sie sollen Barrnon´s Söhne suchen. Efania, *Ihr selbst* müsst Euch in Sicherheit bringen. Das Licht von Lunar wird den Ort der Schatulle noch eine kurze Zeit beschützen. Diese Schranke kann selbst *er* noch nicht durchbrechen. Flieht zusammen mit Euren Bewohnern und eilt Euch! Feen, Herrscher und Krieger zu mir. Wir müssen uns sofort auf den Weg machen!"

Die Feen ritten vor. Sie wussten, wie sie am schnellsten zur Grotte gelangen würden. Efania befahl allen Bewohnern, nur das Nötigste zu holen und sich in kürzester Zeit wieder hier vor der großen Halle zu treffen. Auch wenn es ein geheimer Weg durch die Höhlen sein würde...das Monster konnte sich inzwischen bereits von seinen Ketten befreit haben und würde schnell ihre Fährte aufspüren.

Das Monster

Die Höhle war dunkel. Nur einzelne Fackeln erhellten die verschachtelten Gänge. Sie wusste nicht, wie lange sie schon an diesem Ort gefangen war. Sie fühlte sich benommen und erinnerte sich nur schwach, dass man sie in Ketten hierher gezerrt hatte. Ihr Maul war immer noch mit festen Stricken zusammengebunden. Diese Feen und ihre Königin waren dafür verantwortlich! Hylar öffnete langsam die Augen. ´Versuche zu atmen´...sagte sie zu sich selbst. Sie bewegte ihren starken Kiefer hin und her, solange bis sich der erste Strick löste. Endlich. Tief saugte sie die feuchte Luft in ihre Lungen. Womit hatte diese Fee sie damals nur betäubt? Sie fühlte sich wie nach einem sehr langen, tiefen Schlaf. Sie spürte das kalte Metall. Die Ketten waren immer noch da! Sie musste sich konzentrieren und versuchen, ihre innere Flamme zu wecken. Damit würde sie das Eisen zum Schmelzen bringen. Es war nur eine Frage der Zeit, wann sie genug Kraft hätte und wieder frei sein würde.

Da hörte sie es wieder! Ihr Herr hatte mit ihr gesprochen. Sie vernahm es ganz deutlich. Und dann war ein lauter Knall. Jetzt war sie hellwach! Sie fühlte ihn...er war überall um sie herum. Endlich! Ihre Gedanken drehten sich plötzlich um Rache und um Menschenfleisch. Der so lange verborgene Hunger in ihr erwachte Stück für Stück. Oh, sie würde sich fürchterlich rächen! Und sie würde Drakarr töten. Ihn, den Vater ihres einzigen Sohnes! Er hatte es zugelassen, dass man sie weg brachte hierher. So lange...sie würde sie finden. Beide! Und sie würde ihrem Sohn alles zeigen. Er würde schon Gefallen an der Macht des Bösen finden. Drachen haben das im Blut! Sie waren seit Anbeginn der Zeit die Feinde der Menschen! Nur Drakarr hatte das verändert! Er musste ja unbedingt Freundschaft schließen mit diesem Nordmann Barrnon.

Hylar war nicht immer böse. Ihre Erinnerungen waren in einen dunklen Nebel von *Lügen* gehüllt. Dafür sorgte das Gift von Brock. Das Böse lenkte sie bereits und jetzt fühlte sich alles Dunkle so gut an wie nie zuvor! Niemand würde sie je wieder verletzen können! Ihre dicke Drachenhaut war wie ein Panzer, gehärtet von schwarzer Magie. Keine Waffe konnte sie durchdringen. Das Gefühl von Liebe hatte sie vergessen. Alles Gute in ihr war verloren. Dass sie die Menschen lange Zeit mit Drakarr und ihren Vorfahren beschützt hatte und welche wunderbaren Momente sie gemeinsam erlebten...nichts davon war übrig geblieben in ihrer düsteren Gedankenwelt. Dort war nur noch Platz für Rache! Und die gehörte nun ihr. Ihre Krallen bewegten sich. Langsam und scharf zogen sie Spuren in den felsigen, kalten Boden. Ihre Kraft kehrte zurück. Sie wurde stärker und stärker. Schließlich erhob sie ihren gewaltigen, dunklen Körper. Sie atmete tief ein und gab den lautesten, furchterregendsten Laut von sich, der je von einem Drachen hervor gebracht wurde. Alles Leben auf Lunar begann zu zittern. Hylar konnte die Angstschreie hören. Sogar hier unten in diesem Loch! Das Tor war vielleicht nicht weit. Sie ergötzte sich an ihrer aufsteigenden Macht. Sie spürte die Angst aller

Lebewesen. Sie konnte sie riechen! Dieses Mal wäre es ein Kinderspiel für sie, die Feen und ihre Königin zu vernichten!

Aber dieser König und der Herrscher des Feuermondes waren eine Herausforderung. Genau das gab ihr noch mehr Antrieb. Ihr Jagdinstinkt war vollständig geweckt und forderte Beute! König und Feuerherrscher standen als Erstes auf ihrer Liste. Sie würde sie mit Genuss verschlingen.

Ihre Flamme war bereit. Die Ketten glühten tiefrot, bevor sie wie Glas zersprangen. Hylar war frei! Sie würde das Tor finden. Ihre Nüstern blähten sich. Die Jagd konnte beginnen!

Flucht zum Baum des Lebens

Blankes Entsetzen griff um sich. Alle Feen und die restlichen Bewohner packten hektisch die wichtigsten Dinge zusammen und eilten zum Versammlungsort zurück. Die Zeit war mehr als nur knapp. Sie mussten unbedingt schnellstmöglich aufbrechen. Als das Horn von Lunar ertönte, wussten sie dass es der letzte Aufruf zum Aufbruch war. Efania erwartete ihr Volk bereits und mahnte erneut zur Eile. Ihre Sorge war groß, dass Hylar sich bereits befreit haben könnte. Sie wusste wie stark die Seile und besonders die Ketten waren. Aber wer konnte schon wissen, ob Brock auch hier bereits sein Werk getan hatte. Und wenn sie sich erst einmal befreit hatte, würde ihre Kraft auch schnell zurückkehren. Wie groß die Macht von Brock inzwischen auch sein würde... Es wäre in jedem Fall ratsam, vom Schlimmsten auszugehen. Das Böse war unberechenbar!

Den Weg zum Lebensbaum kannten sie Alle! *In Eile* wurde er jedoch durch seine teilweise dunklen, steinigen Abschnitte auch sehr gefährlich! Ein falscher Schritt und ein Sturz in tiefe Schluchten wäre die Folge. Doch der letzte dieser engen, schmalen Pfade war ihre *einzige* Chance. Hylar konnte ihnen nur bis hierher folgen. Nach oben bogen die Felsen sich zueinander wie zwei Sicheln. Dahinter war die geheime

41

Treppe, die durch das letzte Drittel des Weges zum Lebensbaum führte. Hier konnte das Monster nicht hindurch! Auch ihre Flamme hätte nicht genug Reichweite, sobald sie bei der ersten Stufe angelangt wären.

Mit dem Licht von Lunar leitete Efania die Fliehenden in die Höhle hinein. Von Hylar war noch nichts zu sehen oder zu hören. Gut! Am verborgenen Tor angekommen erhellte Efania mit dem Licht die Zeichen der vier Elemente. Als sie alle erstrahlten, sprach sie die geheimen Worte der Feen und der Eingang öffnete sich. Ein großer, schwarzer Felsen schob sich mit einem lauten, knarrenden Geräusch zur Seite. Sie gingen hindurch und blieben dicht beieinander. Trotz ihrer Eile mussten sie auf scharfe Kanten und spitze Steine achten. Der Felsen verschloss den Eingang wieder nachdem Efania die Worte erneut gesprochen hatte. Das erste Stück war geschafft. Der hell erleuchtete Weg war gut zu erkennen und so kamen sie schnell voran. Jetzt mussten sie nur noch die Sichelfelsen und die Treppe dahinter rechtzeitig erreichen. Der Gang wurde bereits schmäler. Das mondartige Gestein mit dem engen Durchgang war von Weitem schon zu sehen. Man spürte die Erleichterung bei der Gruppe. Die Feen gingen voraus. Gardia und Arina führten die Flüchtenden an. Efania und Eristin bildeten das Schlusslicht mit ein paar wenigen der Bewohner, die kämpfen konnten. Nur Feen und Ur-Ahninnen waren in der Lage, diese Eingänge mit besonderen Worten zu öffnen und zu schließen. Ebenso war es *nur* ihnen erlaubt, die Kristalle und Samen des Lebensbaumes zu ernten. Auch Verletzte zu heilen, war nur in Verbindung mit einer von *ihnen* möglich. *Dies* wurde damals in der Bestimmung festgelegt und sollte so für die größtmögliche Sicherheit für alles Leben auf Lunar sorgen.

Efania´s Gedanken gingen immer wieder zurück in die Vergangenheit. Jetzt und hier war sie nicht mehr allein. Gardia, Eristin und Arina gaben ihr Kraft und waren wie schon so oft *auch hier* wieder eine große Hilfe. Sie konnte sich auf alle verlassen zu jeder Zeit! Eristin kannte sie lange vor den Anderen. Mit ihr war sie durch alte Familienbande verbunden .

Efania bewunderte schon immer ihr besonderes Gespür für die Kräuter. Ihr Wissen und ihr Feingefühl, wenn sie Kranke oder Verletzte heilte, waren sehr groß. Arina trat erst *bei* der großen Schlacht in Efania´s Leben. Auch sie wurde für die Feenkönigin *mehr* als nur eine Begleiterin. Von ihr lernte sie, an sich selbst zu glauben, die eigene, innere Stärke und Kraft für ihre Aufgaben mit Zuversicht und ohne Selbstzweifel zu nutzen. Gardia lernte Efania erst später kennen. Zwischen ihnen gab es auch ohne Worte das Gefühl einer besonderen Verbundenheit von Anfang an. Sie lachten über die gleichen Situationen und fühlten vieles *wie Schwestern.* Efania´s wirkliche Feenschwester Lana, inzwischen Königin auf Terrar, konnte niemand ersetzen. Sie waren seit der Bestimmung getrennt und Lana fehlte ihr schrecklich. Aber für *diese* drei Feen *hier und heute* hatte Efania genauso einen besonderen Platz reserviert in ihrem Herzen wie für die eigene Schwester.

Seelenverwandt...das war das einzig richtige Wort für jede einzelne ihrer treuen Gefährtinnen.

Ein Stein fiel mit einem lauten Geräusch hinter ihnen von einem Felsen herab und riss Efania aus ihren Gedanken. „Schnell! Eilt Euch! Hylar muss den Eingang gefunden haben und wird ihn mit ihrer ganzen Wut und Kraft zerstören. Wir müssen es schaffen!"

Das Monster war bereits in der Nähe des Eingangs. Ein dunkles, lautes Grollen kam aus ihrem Schlund. Die Flüchtenden bekamen schreckliche Angst und liefen um ihr Leben. Jetzt war keine Zeit mehr für Vorsicht! Gardia und Arina bemühten sich, trotz der plötzlichen Panik, die Ruhe zu bewahren und schickten die Menge in kleineren Gruppen Richtung Treppe. Eristin war auf Anweisung von Efania jetzt ganz vorne und hatte den Durchgang unter den Sichelfelsen bereits geöffnet. Nach und nach stiegen die Ersten die Stufen der Treppe empor.

Hylar's Augen waren dunkel, blutunterlaufen und ihr Zorn war so stark, dass jedem bei diesem Anblick das Blut in den Adern gefror. Sie konnte den Angstschweiß riechen. Aber wo waren sie hin? Ihre Spur verlor sich mitten in dieser Felsenwand. Sie konnten sich doch nicht in Luft aufgelöst haben! Hylar war außer sich. Irgendwo mussten sie doch sein! Sie kratzte mit ihren langen, scharfen Krallen an der Wand und ein kleines, winziges Stück Felsen brach heraus. Jetzt spürte sie es! Ein leichter Hauch von Wind erreichte ihre Nüstern und da war er...der Geruch von *noch* Lebenden, die vor *ihr* fliehen wollten! Sie lachte innerlich und begann sich mit ihrer ganzen Kraft gegen den Felsen zu stemmen. Unter der Wucht ihres massiven Körpers riss ein großes Stück des Felsens und fiel heraus. Kurz danach gab der Eingang nach und der Weg war frei für die Jagd!

Die letzten Fliehenden waren kurz vor der Treppe, als Hylar sie entdeckte. Nur noch wenige Sprünge und sie hätte ihre Chance. Efania drehte sich um, als sie die Nähe von Hylar bemerkte. Mit ihren beiden Raubkatzen stellte sie sich wartend vor den Sichelfelsen. Sie waren bereit zu kämpfen bis zum Tod! Mit

Licht von Lunar würde sie Hylar lange genug aufhalten können, bis auch die Letzten die erste Stufe erreichten. „Gardia" rief sie über ihre Schulter..."Du musst Alle in Sicherheit bringen! Lauft!" Efania breitete ihre Flügel aus und sah Hylar in ihre dunklen, roten Augen...

„Monster der Finsternis, Dienerin des Bösen...ich befehle Dir: Weiche von uns! Zurück!!!" Lisseja stellte sich vor Efania und fauchte gefährlich. Hylar kam sehr nahe und in ihrem Schlund war bereits die rote Flamme zu sehen. Efania holte aus und warf die Flasche mit dem Licht von Lunar direkt vor Hylar´s Krallen. Ein erstickter Schrei kam aus ihrem hungrigen Maul, bevor die Flamme ihr Ziel erreichen konnte. Dadurch hatte Efania ein paar Sekunden Zeit. Sie stürzte fast zur Treppe und betätigte den Hebel! Die Sichelfelsen zerbarsten mit einem lauten Knall, stürzten herab und begruben alles unter sich.

Die Schatulle

In *ihr* wurde der wertvollste Schatz von Lunar aufbewahrt. Die goldene Schatulle war verziert mit zahlreichen Mondsteinen. Ihr Inneres war ausgekleidet mit nachtblauem Samt. Darauf ruhten die fest verschlossenen Flaschen mit den *Elixieren des Lebens* und die *eine* mit dem Staub von Brock. Unerreichbar für alles Böse schwebte sie auf einer Lotosblüte in einem tiefen See in der Grotte des Lichts. Die Mondlichter um Mitternacht waren der Grund für ihren wunderschönen Namen. Immer dann, wenn sich die Strahlen der Monde trafen, verwandelten sie die Oberfläche des Wassers in einen glänzenden, hell erleuchteten Spiegel. Von diesem Ort wussten nur wenige Feen. Selbst die Ur-Ahninnen wussten nicht, wohin Efania die Schatulle gebracht hatte. Als Salixia die Feenkönigin mit ihrer Aufgabe betraute, wollte selbst *sie* es zum Schutz aller Lebewesen nicht wissen. Nach der großen Schlacht gab es viele Gründe, zukünftig die Sicherheit für alle Völker größtmöglich zu gewährleisten.

Ausgangs der Grotte war das weite Meer. In allen Blautönen umspielten die Wellen die gesamte Küste. Der Eingang lag versteckt hinter einem großen Felsen. Ein Boot, umgeben vom Licht von Lunar machte Beides unsichtbar. Hier war die einzige Möglichkeit, *über den Strand* in die Grotte zu gelangen. Durch das seichte Wasser musste man den Felsen umgehen und konnte dort in das Boot hineinsteigen. Efania hatte an alles gedacht. Weder Krähen noch das Böse konnten *über das Meer* in die Grotte gelangen. Der einzige *Ausgang* Richtung Transportstation lag genauso verborgen und wurde mit Licht geschützt.

Naransorr ritt mit Albina voran und Barrnon schwang sich auf die riesigen Schwingen von Drakarr, seinem treuen Beschützerdrachen. Ilkarri und Gamarra ritten an Naransorr's Seite. Nur sie kannten den Weg. Seine Königin Lana folgte ihnen mit den Herrschern der Monde Retarr und Karracxs und den wenigen Kriegern von Lunar, die sie zur Versammlung begleitet hatten. Es waren überwiegend größere, starke Kobolde und eine kleine Anzahl von Feen. Sie bildeten gemeinsam das Schlusslicht auf hölzernen Wagen, die von kräftigen, braunen Hengsten gezogen wurden.

Barrnon flog mit Drakarr über der bewaffneten Gruppe. Beide hielten alles in der Luft und am Boden im Blick. Auf dem Weg zur Grotte kam Barrnon's *Erinnerung* zurück. Er dachte an die große Schlacht und die vielen Kämpfe. Drakarr und Hylar bestimmten damals das Ende von Brock. Sie verbrannten mit ihrem Feuer einen großen Teil seines dunklen Krähenheeres. Brock wurde kurz abgelenkt davon und so hatten Barrnon und Efania die Gelegenheit ergriffen, dem dunklen König ihre Schwerter in die Brust zu stoßen. Mit letzter Kraft und unter Aufbäumen seines kräftigen Körpers entriss Brock einer seiner Krähen einen vergifteten Speer und schleuderte ihn mit bösen, magischen Worten in die Brust von Hylar.

Sie stürzte zu Boden. Drakarr war sofort an ihrer Seite. Aber es war zu spät. Ihre Augen veränderten sich sofort und ihre Drachenhaut färbte sich immer dunkler. Das Gift verteilte sich rasend schnell in ihr. Innerhalb kürzester Zeit verfiel sie der bösen Seite.

Bevor sie zu einer großen Gefahr werden konnte und ihr Feuer gegen die *Falschen* einsetzen würde, warfen ein paar Krieger Stricke und Ketten über sie und versuchten schnell, auch ihren Schlund zu schließen. Sie war bereits dabei, eine Feuerkugel in ihrem Rachen zu bilden, als Barrnon es im letzten Moment mit einer Kugelkette verhindern konnte. Mit einem gezielten Wurf wickelte sie sich um ihr Maul und zog sich immer weiter zusammen. Hylar brach zornig am Boden zusammen. Nur noch Rauch kam zwischen ihren gefletschten Zähnen hervor. Sie wehrte sich mit aller Kraft. Aber es gab für sie kein Entrinnen mehr. Fußketten wurden ihr blitzschnell angelegt und mit Eisenstangen am Boden befestigt.

Drakarr wollte ihr helfen und lief aufgeregt um das Geschehen herum. Wissend, dass sie plötzlich gefährlich werden könnte, auch für ihn. Barrnon brach es das Herz und er hatte große Mühe, seinen Drachenfreund von ihr fern zu halten. Niemand konnte ihr noch helfen. Selbst das Licht von Lunar wäre keine Rettung mehr. Dafür war dieses Gift viel zu stark und genau das wusste Brock, bevor er den Speer geworfen hatte. Hylar war gefangen und würde eingesperrt werden. An einem geheimen Ort, den nur wenige kannten. Weit weg von Terrar und sicher verschlossen würde sie den Rest ihres Lebens verbringen müssen. Es war das Einzige, was sie noch für sie tun konnten. Die meisten der Menschen hier wollten sie noch an Ort und Stelle töten.

Efania übernahm diese schmerzliche Aufgabe und es musste schnell gehen, bevor einer der Krieger Hylar doch noch ein Schwert in die Brust rammen konnte.

Gardia und Arina erkannten die gefährliche Situation damals sofort und begaben sich links und rechts an Efania´s Seite. Sie kannte die beiden Feen zu dieser Zeit noch nicht wirklich gut und war in diesem Moment sehr dankbar für ihre Hilfe. Kein Mensch mehr würde es jetzt noch wagen, Hand an Hylar zu legen. Dennoch...es war ein schwacher Trost für Drakarr und Barrnon. Sie waren beide verzweifelt und verstört. Aber sie wussten, dass sie es akzeptieren mussten. Barrnon redete auf seinen Freund ein. Drakarr hatte einen Sohn! An *ihn* musste er nun denken! *Alle* würden einsam sein ohne Hylar. Aber Drakarr musste jetzt stark sein für Darrcon!

Kurz vor der Grotte wurde Barrnon wieder aus seinen *Gedanken der Vergangenheit* gerissen. Er war wieder ganz bei seiner *jetzigen* Aufgabe. Drakarr konnte ihn nur bis zum Eingang der Grotte bringen. Aber eines wusste Barrnon genau...sein treuer Gefährte, der es damals schaffte, ihm und den Feen zu verzeihen, würde dort Wache halten und sich allem in den Weg stellen, was ihnen folgte.

Barrnon´s Krieger von Thumar waren nur in einer geringen Zahl zur Versammlung mitgekommen. Ebenso die Krieger von Osbur und Farw. Diese Ereignisse hatten sie schließlich nicht erwartet! Zumindest nicht so, wie Barrnon nach seinem Traum. Aber seine Brüder, die Herrscher der beiden anderen Monde, waren da. Zusammen mit dem König bildeten sie eine der stärksten Kämpfer-front, die je existiert hatte.

Alle Nordmänner waren von kräftiger Statur. Sie stählten ihre Körper immer wieder neu in Wettkämpfen und eiferten ihren Herrschern nach. Aber keiner von ihnen war auch nur annähernd in der Lage wie Barrnon, größere Felsen zu heben und laut lachend, als wären es Steine, zu werfen. Retarr und Karracx unternahmen viel mit ihren Beschützertieren, die sie allein mit ihrer Schnelligkeit immer wieder herausforderten. Die Herrscher der Monde waren gut in Form. Jeder Einzelne! Über die Jahre hatten sie weder Ausdauer noch Kraft eingebüßt.

Sie und das Heer hinter ihnen würden also nun die Mauer sein, die Brock´s Armee lange genug aufhalten müsste, damit Naransorr und die Feen die Schatulle holen und rechtzeitig in Sicherheit bringen könnten. Barrnon hoffte inständig, dass seine beiden Söhne auf Thumar noch lebten. Die Späher würden sie überall suchen. Darauf konnte er sich verlassen. Er musste jetzt fest daran glauben und sich auf das Kommende konzentrieren.

Sie waren inzwischen bei der Grotte angekommen. Der König und Barrnon bildeten gemeinsam mit ein paar Kriegern der Monde einen Schutzwall oben an den Felsen. Alle anderen verteilten sich unten am Strand.

Ilkarri durchbrach die Lichtschranke und begab sich zusammen mit Gamarra, König Naransorr, Morrja und Xenara in einem Boot in die Grotte hinein. Xenara hielt Pfeil und Bogen bereit. Es war ihre liebste Waffe und sie hatte eine Treffsicherheit, die ihresgleichen suchte. Morrja konnte mit dem Schwert umgehen, wie keine Andere. So leicht würde man diese beiden Kriegerinnen von Farw und Osbur nicht bezwingen! Sie waren die Ehefrauen von Retarr und Karacx, die perfekte Ergänzung ihrer Herrscher der Monde. *Beide* hatten Feuer im Blut.

Langsam glitt das Boot immer tiefer hinein. Vor dem Eingang postierten sich vier starke Kämpfer und hielten Ausschau zu den Felsen, wo Barrnon mit seinen Kriegern stand. Sie würden sofort Alarm schlagen, wenn Brock oder die Krähen irgendwo zu sehen waren.

Langsam kamen sie dem wertvollen Schatz näher. Es wurde immer heller. Überall auf Felsvorsprüngen waren kleine Flaschen mit dem Licht des Lebens zu sehen. Sie zeigten strahlend hell den Rest des Weges. Die Schatulle konnte nicht mehr weit sein. Dann sahen sie es. Sie war das Schönste, was sie jemals in ihrem Leben gesehen hatten! Das Wichtigste jedoch war ihr Inhalt. Er sorgte für das Gleichgewicht im Universum. Und solange die *eine* dieser Flaschen nicht in die falschen Hände geraten würde, konnten sie noch ihr Schicksal lenken. *Ihr* Inhalt war dunkel. Sobald man diese Flasche öffnen würde, könnte der dunkle König wieder seine alte Gestalt erlangen und die ganze Macht der schwarzen Magie stünde ihm zur Verfügung.

Ilkarri hielt das Boot an der Stelle an, die Efania ihr genau beschrieben hatte. Ein einziger Fels ragte aus dem See heraus. In dem Moment, als sie ihren Fuß auf das schillernde Gestein setzte, bewegte sich das Wasser. Felsige Vorsprünge kamen aus der Oberfläche hervor. Vorsichtig, Schritt für Schritt näherte sie sich dem wertvollen Schatz. Sie wusste, dass sie jeden ihrer Schritte mit Vertrauen machen konnte. Als sie endlich bei der Schatulle angelangt war, hob sie diese vorsichtig von der schimmernden Lotosblüte hoch und ging zurück zum Boot.

51

Plötzlich ertönte der Alarm. Das Böse musste die Grotte erreicht haben. Jetzt galt es, sich zu beeilen. Ilkarri übergab Xenara die Schatulle und beschrieb den Weg zur Grotte hinaus. Nachdem sie mit den geheimen Worten die Lichtschranke öffnete, konnten sie auf das offene Meer hinaus gelangen. Rechts hinter der großen Bucht wären bald Schienen zu erkennen. Ihnen sollten sie folgen und bald würden sie die Transportstation erreichen. Morrja nahm ihr Schwert in die Hand, bereit, den Schatz gegen das Böse zu verteidigen. Naransorr sagte ihnen, wo sie Merlon auf Terrar finden würden. „Er wird wissen, was zu tun ist! Seid vorsichtig." Plötzlich vernahmen sie ein Flattern über ihnen. Morrja erkannte ihn sofort: „Da! Es ist Falkarr! Er ist uns sicher von Retarr hinterher geschickt worden." sagte sie. Von dem Falken hörten sie, was sie vor der Grotte erwarten würde und wie groß bereits die Macht des Bösen war. „Schnell!" sagte Naransorr. Beeilt Euch!"

Ein zweites, kleineres Boot lag hinter einem weiteren Felsen verborgen. Nun trennten sich ihre Wege. Ilkarri, Gamarra und der König machten sich auf den Rückweg zum Eingang der Grotte.

Die Krähen waren da. Sie kamen in einem riesigen Schwarm und verdunkelten den Himmel. Schwarz, furchterregend und böse wandelten sich einige am Boden sofort in düstere, zweibeinige Kämpfer. Sie rannten auf Barrnon und seine Gefährten zu. Die anderen stürzten sich bereits aus der Luft auf den Drachen. Drakarr grollte und war bereit, das erste Feuer auf sie loszulassen. So begannen die Kämpfe. Das Böse war mächtig und das dunkle Krähenheer in der Überzahl!

Die Transportstation

Lunar war ein geheimnisvoller Planet mit vielen unterirdischen Gängen, die in verschiedenen Richtungen zu verborgenen Lichtungen, türkisblauen Buchten oder grünen Wiesen und Feldern führten. Tiefe Gewässer und glasklare Flüsse suchten sich sowohl überirdisch als auch unterirdisch ihren Weg.

Von einem dieser Gänge unter der Erde stieß man direkt auf die Transportstation, dem Mittelpunkt von Lunar. Sie lag in einem großen, ursprünglichen Tal, umgeben von felsigen Hügeln. Vom höchsten Punkt aus konnte man bereits in der Dämmerung die drei Monde leuchten sehen. In jeder Mitternacht glitzerten die beiden Wasserfälle wie tausend Sterne. Eine steile, in die Felsen gehauene Treppe führte bis zum Mondtor. Sobald das Mondlicht von Thumar, dem Mond des Feuers, durch dieses Tor schien, entzündeten sich Nacht für Nacht nacheinander vier Flammen. Stellvertretend für die Kraft der vier Elemente erhellten sie die Stufen mit ihrem Licht.

Zwei hohe Hallen befanden sich auf der linken Seite oberhalb einer Brücke mit Schienen, die durch starke Pfeiler aus Felsgestein getragen wurden. Durch die *linke* dieser Hallen gelangte man in die unterirdischen Gänge. Direkt unterhalb der Brücke befand sich Esdoria, das Tor, welches vor langer Zeit von Efania verschlossen und von Wächtern streng bewacht wurde. Über die Treppe in der rechten Halle erreichte man Lorrja, die weiße Stadt hinter den Hügeln. Die Brücke diente als Verbindung zwischen den großen Hallen und der Abflugstelle. Am Ende der Brücke teilten sich die Gleise in die verschiedenen Richtungen. Von hier konnte man zu den Monden und Terrar gelangen...*bis zur großen Schlacht. Danach* wurden sie stillgelegt und es wurde streng verboten, sie zu nutzen. Nur noch ein paar wenige Gleise, auf denen Transporte ausschließlich auf Lunar notwendig waren, durften weiter genutzt werden.

Die Entführung

Darrcon wurde seit der großen Schlacht damals langsam erwachsen. Er dachte sehr oft an seine Mutter und brauchte lange Zeit, um nicht mehr wütend zu sein. Er verstand erst spät, was geschehen war und niemand, außer dem Bösen, hatte Schuld daran. Trotzdem fehlte sie ihm. Es war eine Lücke in seinem jungen Drachenleben und das tat weh, egal wie alt er war. Eine Mutter war durch Nichts zu ersetzen! Drakarr und auch Barrnon gaben sich sehr viel Mühe. Sie wollten ihm immer wieder eine neue Freude bereiten und ihn von traurigen Gedanken ablenken. Gemeinsam verbrachten sie fast jeden Tag schöne Stunden miteinander. Besonders das Wettfliegen gefiel ihm sehr und sein Vater hatte inzwischen Mühe, ihm noch mit Barrnon auf dem Rücken hinterher zu kommen.

Darrcon hatte jedoch immer noch Fragen. Aber sein Vater *wollte* ihn wohl nicht *noch mehr* mit der Wahrheit verletzen. Drakarr gab nie *klare* Antworten darauf. Barrnon erwähnte allerdings sehr oft, dass er seiner Mutter unglaublich ähnlich sei. Vor Allem aber hätte er von ihr die wunderschönen, grünen Augen. Hylar...ihr Name war so alt und klang so vertraut. „Mama, wo bist Du jetzt?" flüsterte Darrcon vor sich hin. „Gibt es einen Drachenhimmel? Bist Du vielleicht einer der Sterne, die man in der Nacht von Thumar aus so hell leuchten sieht?"

Er fühlte heute eine ganz merkwürdige Unruhe in seinem Inneren. Dieses Mal war es jedoch nicht wegen *dieser* Gedanken...Darrcon spürte, dass etwas nicht in Ordnung war. Er mochte Barrnon wirklich sehr, *obwohl* er ein Mensch war. Er sah, dass *auch er* in dieser Nacht nicht schlafen konnte.

Darrcon wollte sich wieder davonstehlen, wie schon so oft in den Nächten davor. Er erblickte Barrnon, der gedankenverloren unter dem großen Bogen seiner Halle stand. Leise und geduckt schlich Darrcon sich vorbei und verschwand. Ein klein wenig ahnte er schon, dass Drakarr genau wusste, wohin es ihn in so mancher Nacht lockte. Der Ort hatte eine magische Anziehungskraft. Auch sein Vater und Barrnon bestaunten sie oft, wenn sie gemeinsam dort waren. Es war diese Wärme, dieses sanfte Züngeln und das feurig rote Herz des Feuers selbst. Es beruhigte ihn so sehr, wenn er hier, bei der Flamme von Thumar sein konnte. Warum er allerdings alleine nicht dorthin durfte, verstand er nie. Drakarr hatte es ihm immer wieder verboten. Dabei fühlte er sich *genau hier* seiner Mutter so nah. Er schlich sich leise an den beiden Wächtern vorbei. Sie bemerkten ihn einfach nie! Er freute sich innerlich immer sehr und war stolz, trotz seiner inzwischen vorhandenen Größe, die beiden Söhne von Barrnon jedes Mal aufs Neue zu überlisten. Woher sollten sie auch von dem anderen Eingang wissen, den er mühselig Stück für Stück selbst gegraben hatte. Sein geheimer Gang kam genau hinter den schweren Stoffbahnen heraus und Darrcon schob einen Stein davor, wenn er den Ort wieder verließ. Deshalb würde es nie jemand *überhaupt* bemerken.

Er legte sich auf seinen Lieblingsplatz, direkt vor die Flamme auf den Boden. In dem Raum war es nicht so warm und hell wie sonst. Die Flamme schien schwächer. Dieser *ganze Ort* hier war geheim! Sein Vater, Barrnon und die Wächter wussten davon. Und er...natürlich! Er fühlte sich sonst hier immer so geborgen. Die Stoffbahnen aus schwerem, purpurrotem Samt, bestickt mit goldenen Symbolen aller Elemente, hingen an der hinteren Wand aus Basaltgestein herab. Entstanden vor langer Zeit, als Vulkane auf Thumar neben den Drachen selbst noch Feuer und Lava spuckten. So erzählte es ihm sein Vater in vielen, alten Drachengeschichten. Auf einem Sockel aus schwarzem Onyx im Schoß einer glänzenden Figur, geformt wie ein Drache, brannte das Wahrzeichen von Thumar. Geschützt vom Licht des Lebens konnte man die Flamme nur betrachten aber niemals berühren.

Drakarr wäre sicher böse darüber, dass er wieder einmal in der Nacht verschwunden war. Er ließ ihn einfach nie weg, ohne zu wissen, wohin Darrcon wollte. Dabei war er doch fast schon erwachsen. Er spürte in seinem Inneren immer mehr, dass bald die erste Flamme in ihm selbst entstehen würde. Die Vorfreude darauf war groß und machte ihn jetzt schon stolz. Ob seine Mutter das auch wäre? Sein Verschwinden war niemand aufgefallen. Aber kein Wunder. Irgendwie waren alle so nervös in dieser Nacht. Darrcon hörte noch Stimmen, bevor er sich von Barrnon´s Halle aus auf den Weg machte. Sie sagten irgendetwas von Efania und Versammlung. Efania...das musste die Feenkönigin sein, die Barrnon so sehr liebte. Das war *eines* der Dinge, die sein Vater ihm vor kurzem erst erzählt hatte. Darrcon selbst hatte Efania noch nie gesehen. Keiner durfte in die Nähe von Lunar. Ein unsichtbares Schutzschild aus Licht hielt jeden davon ab. Er überlegte gerade, ob er es einmal dorthin versuchen sollte. Darrcon sah Barrnon oft mit traurigen Augen an der gleichen Stelle stehen wie heute Nacht. Sicher fehlte ihm Efania sehr. Genauso, wie sein Vater Hylar vermisste. Sie hatten sich nur selbst, um gegenseitig füreinander da zu sein und Trost zu spenden.

Aber Irgendetwas musste geschehen sein. Eine Versammlung auf Lunar. *Das* war sehr außergewöhnlich. Dafür mussten sie den Schutzschild zumindest für kurze Zeit öffnen. `Vielleicht sollte ich das nutzen´ dachte Darrcon. Seine jugendliche Neugier packte ihn. Und der Dickkopf kam wohl wieder durch. Das war immer der Satz seines Vaters, wenn er etwas Dummes anstellte. Seit seiner Geburt hatte es so etwas Spannendes noch nie gegeben! Und mit der Flamme stimmte auch etwas nicht!

Er wollte sich schon auf den Weg machen, als er plötzlich ein lautes, flatterndes Geräusch hörte. Was war das? Wo waren die Wächter? Hoffentlich war ihnen nichts geschehen. Er mochte die Söhne Barrnon´s sehr. Er war hin und hergerissen. Sollte er verschwinden oder lieber zum Eingang und nachschauen? Vielleicht brauchten Serrcon und Farrnon ja seine Hilfe. Und dann ging alles sehr schnell. Sie kamen von allen Seiten wie eine dunkle Wolke herein. Sie konnten durch das Gitter fliegen und so ungehindert das Schloss umgehen. Sie wandelten sich plötzlich in zweibeinige Kreaturen und rasend schnell wurden Seile und Netze über ihn geworfen. Das kannte er nur aus den früheren Geschichten seines Vaters. Aber wer waren diese dunklen Gestalten? Und was wollten sie von ihm? Sie umstellten Darrcon und legten ihm Ketten an. Seine Klauen und sein Maul wurden mit Kugelseilen gesichert. Wieder erinnerte er sich an die Erzählungen seines Vaters. Diese Krähenmonster benutzten damals schon diese Waffen und Netze, um ihre Gefangenen zu verschleppen.

Darrcon brach auf dem Boden zusammen und konnte sich nicht mehr rühren. Er zitterte vor Angst. Diese unheimlichen, roten Augen. Das hatte er vorher noch nie gesehen.

Oh, hätte er doch nur auf seinen Vater gehört! Jetzt war es zu spät. Drakarr wäre unsagbar wütend, würde brüllen und Feuer speien! Aber er *wusste* ja nichts davon! Darrcon war verzweifelt. Seine Gedanken rasten. Was konnte er tun? Wie sollten sie ihn hier raus bringen? Da brach das Schloss am Gitter mit einem Ohren betäubenden Knall. Drei der Größten von ihnen stemmten sich wohl solange dagegen, dass es zersprang. `Jetzt bringen sie mich von hier weg! Oh nein. Wir verlassen die Höhle. Bitte...nein, lasst mich hier!` dachte er. Sie warfen ihm ein dunkles Tuch über seine Augen. Er konnte nur noch den Boden sehen. Er wollte brüllen, aber wie sollte er? Selbst ohne die Kugelketten würde seine Stimme versagen. Etwas Dunkles umklammerte sein Herz. Sie zerrten ihn weiter. Das Einzige, was er noch tun konnte, war wild mit seinem spitzen Drachenschwanzende auszuschlagen. Er traf eine Krähe und das Netz riss ein Stück auf. Die Krähe schrie auf und ein paar Federn fielen zu Boden. Schnell wurden weitere Seile fest um ihn gezogen. Jetzt war er *völlig* bewegungsunfähig. Er spürte, dass sie Thumar verließen und ihn weit weg brachten.

Es dauerte eine gefühlte Ewigkeit, bis sie ihr Ziel erreichten. Eine furchtbare Kälte war um ihn herum. Es war nicht nur die Angst. Nein. Hier war es bitterkalt! Er konnte seit dem Verlassen der Flamme überhaupt nicht mehr aufhören, zu zittern. Darrcon hörte, wie etwas Schweres zur Seite geschoben wurde. Die Krähen zogen und zerrten ihn in eine noch größere Kälte hinein.

„Hallo Darrcon!" Eine dunkle, furchteinflößende Stimme sprach zu ihm. „Endlich bist Du bei mir! Ich habe Dich *so* schnell nicht erwartet, aber umso besser! Ich habe sehr lange darauf gewartet, Dich Deiner Mutter vorzustellen. Sie hat Dich sicher sehr vermisst." Das dunkle Tuch wurde plötzlich herunter gerissen. Darrcon rührte sich nicht vor Schreck. Etwas Riesiges schwebte über ihm. Er hatte so etwas noch nie gesehen. Aber es fühlte sich furchtbar an. Es tat fast weh in seinem Kopf. Und es konnte sprechen. Oder war es nur in seinen Gedanken? Es war unheimlich. Und was hatte es gesagt? Seine Mutter? Sie war doch tot! Oder nicht?

„Ich bin Brock!" sagte das Dunkle Etwas. „Ich werde sehr bald über alle Welten und Monde herrschen. Und Du wirst mich zusammen mit Deiner Mutter auf dem Weg zum Sieg begleiten! Sperrt ihn nun weg!" befahl er den Krähen. „Er wird mir ganz bestimmt noch von großem Nutzen sein! Nicht nur die Macht der Flamme von Thumar gehört nun mir. Ein viel wertvolleres Geschenk habt ihr mir da gebracht!" Laut lachte Brock und es hallte von allen Seiten zurück.

Darrcon war durcheinander. Er wusste nicht mehr, was er denken sollte. Er wurde in eine dunkle, kalte Höhle gebracht wo viele leere Zellen mit Gittern verschlossen waren. Alles tat ihm weh. Die Ketten an seinen Klauen wurden an der Wand fest verankert. Hier sollten wohl die Gefangenen eingesperrt bleiben. War das jetzt sein Schicksal? Es war nass hier unten und so schrecklich kalt. Er fror fürchterlich! Drachenjungen weinen nicht. Aber dieses Mal konnte er seine großen Drachen- tränen nicht aufhalten. Wie durchsichtige Kristalle flossen sie aus seinen traurigen, grünen Augen. Nie vorher fühlte er sich so einsam und verloren. Diese dunkle Wolke war wirklich böse. Und diese Worte über seine Mutter! Darrcon krümmte sich zusammen in der hintersten, dunkelsten Ecke und schluchzte in die Nacht hinein.

„Macht jetzt weiter, Ihr Krähen. Unsere Armee muss größer werden! Und das sehr schnell! Sie sollen keine Chance haben. Sie sollen sich fürchten, jammern und Alle ihren baldigen, grausamen Tod kommen sehen." Der Dunkle fühlte seine Stunde kommen...

Wenn er erst die Schatulle in seinen Händen halten würde...Spätestens *dann* wäre die schwarze Magie in ihm stark genug, um alles zu vernichten. Mit dem ersehnten Inhalt aus der Flasche hätte er endlich wieder seine Gestalt zurück. Das Gefühl von Macht hatte ihn schon immer befriedigt. Bald... Brock ergötzte sich innerlich bei dem Wissen, dass er *damals* in der letzten Sekunde die *eine, perfekte* Idee hatte. Im Moment seiner Vernichtung sah er gleichzeitig die letzte Möglichkeit, die Wiedergeburt seiner vollkommenen Gestalt in einer fernen Zukunft zu schaffen. Er hatte *sie* getroffen, *sie* war infiziert! Und *sie* war jetzt auf *seiner* Seite.

Der Lebensbaum

Der ganze Ort war verträumt, märchenhaft und außergewöhnlich farbenprächtig. Er war *anders* als die Stadt Lorrja. *Sie* war imposant, architektonisch einzigartig, glänzend weiß mit goldenen Details. *Beides* war auf seine unverwechselbare Art beeindruckend schön. Aber Eines hatten sie gemeinsam. Man konnte die Liebe und die Sorgfalt spüren, die bei der Entstehung in vielen Einzelheiten verwendet wurde.

Hier war der Lebensbaum im Mittelpunkt. Um ihn herum gab es verschiedene Bereiche. Dort, wo das Licht des Lebens und die Monde am hellsten schienen, gab es allerlei Nahrung in Gärten und Beeten. Früchte, Gemüse und ganz besonders viele Kräuter. Hier hatte Eristin ihr großes Wissen mit Ilkarri gemeinsam genutzt, und die Gärten mit wahrhaft artenreichen und gesunden Pflanzen bestückt. Sie hegten und pflegten die verschiedenen Gewächse. Eristin machte in der Erntezeit daraus die wichtigsten Heilmischungen für alle Wunden, die es gab. Ilkarri konnte mit ihrem geübten Blick die Blüten und Blumen bis ins Detail beschreiben. Bei beiden Feen spürte man ihre Freude über Alles, was sprießte.

Neben den Gärten war ein wunderschöner, langer Weg zu den Burgen der Ur-Ahninnen. Er war gepflastert mit Mondsteinen in allen Größen. Um Mitternacht, wenn das Mondlicht der drei Monde sich traf, erhellten sie den Weg wie durch Magie. An beiden Seiten standen wunderschöne, blühende Stauden. In leuchtendem Kobaltblau strahlten sie um die Wette und verströmten einen betörenden Duft, dem auch Lisseja und Punkarri oft nicht widerstehen konnten. Immer, wenn sie Efania zum Lebensbaum begleiteten, war dieser Weg mit seinen Pflanzen einer ihrer liebsten Stellen zum Ausruhen.

Lenara und Jessaria hatten Efania zur Welt gebracht. Sie liebten sie wie ein eigenes Kind. Sie würden ihr Leben für sie geben! Salixia jedoch hatte immer schon die stärkere Verbindung zu Lana, Efania's Schwester. Die erste der Ur-Ahninnen wusste, dass Efania von Anfang an stark genug war und sie ihre spätere Aufgabe als Feenkönigin auch *ohne ihre* Hilfe meistern würde. Salixia verbrachte mit Lana zahlreiche Stunden beim Lebensbaum. Beide teilten ihre große Liebe zu Pferden. Albina war das größte Geschenk, was die Ur-Ahnin der Fee jemals übergeben hatte. Ihre eigene Stute war das erste *weiße* Pferd auf Lunar. Mit Jessaria und Lenara hatte Efania die besten Lehrer an ihrer Seite um mit den wichtigsten Werten, wie Verantwortung, erwachsen zu werden. Es waren wunderschöne Jahre, in denen Efania und Lana unter den wachen Augen der Ur-Ahninnen zu den schönsten und verantwortungsvollsten Feen heranwuchsen, die auf Lunar jemals geboren wurden.

Ein kleines Stück entfernt vom Lebensbaum sah man satte, grüne Wiesen und Wälder. Hier waren die Behausungen von unzähligen Feen und Fabelwesen aller Art und Größe. Sobald man sich näherte, konnte man ein Summen und Flattern, Kichern und fröhliche Gesänge hören. Inmitten der verschiedensten Behausungen lebten auch Eristin, Gamarra und Ilkarri . Gamarra war die Architektin von Lorrja. Sie liebte das reine Weiß und die goldenen Verzierungen dieser Stadt. Ihr eigenes Zuhause wählte sie jedoch beim Lebensbaum. Hier herrschte kein reges Treiben. Hier fand sie Ruhe und eine solch bunte Farbenpracht, die in *ihren* Augen nichts übertreffen konnte. Sie und Efania lernten sich beim Bau der Stadt kennen und mochten sich sofort sehr. Beide beratschlagten gerne über ihre Ideen, und hatten genug Fantasie, sie umzusetzen. Ilkarri kannte Efania schon *lange vorher.* Sie hatte die gleiche Vorliebe für Raubkatzen und wurde wie sie selbst von einem Tiger als Beschützertier begleitet.

In diesem Moment mussten Ilkarri und Gamarra zusammen mit König Naransorr und Barrnon vor der Grotte kämpfen. Ihre von Allen so geliebte Heimat war in großer Gefahr und drohte vom Bösen für immer zerstört zu werden. Efania schickte ihnen in Gedanken Licht und Kraft.

In der Höhle, auf dem Weg zum Lebensbaum, konnten Gardia, Arina und Eristin im letzten Moment noch alle Fliehenden zur Treppe bringen. Niemand hatte sein Leben gelassen. Aber wo war nur Efania? Die Katzen waren zuletzt an ihrer Seite. Gardia hoffte, dass sie mit ihnen gemeinsam Hylar bezwingen würde. Aber dieser Wunsch wurde jäh zerstört, als Efania die Felsen sprengte. Das war der letzte Augenblick, in dem Gardia sie gesehen hatte. Danach war alles dunkel und voller Staub. Er verstopfte ihre Lungen. Sie konnte nicht hier bleiben und sie suchen. Die Anweisung von Efania war deutlich. Vielleicht hatte sie die Sprengung schon auf dem Weg hierher entschieden. Gardia beeilte sich, hatte schnell die Gruppe erreicht und konnte am Ausgang endlich wieder atmen. Arina und Eristin waren sofort bei ihr. „Wo ist Efania?" fragte Eristin hastig. Gardia berichtete ihnen und wollte wieder sofort zurück, aber zuerst *mussten* sie die Gruppe bis zum Lebensbaum und den Ur-Ahninnen bringen. Das hatten sie Efania gemeinsam versprochen! Arina war in dieser Situation die Einzige, die Ruhe bewahren konnte. „Wir brauchen das Licht von Lunar und die Schwerter des blauen Goldes. Sobald die Ur-Ahninnen alles erfahren, werden sie uns helfen. Nur dann sind wir gewappnet für das, was uns vielleicht auf dem Rückweg erwartet!" „Du hast Recht, Arina!" sagte Gardia. „Es ist nicht mehr weit. Die Sprengung müssen sie auch beim Lebensbaum gehört haben. Da sind sie! Jessaria hat uns bereits gesehen!"

Jessaria und Lenara liefen den Feen und Bewohnern entgegen. Jessaria sprach aufgeregt zu Eristin: „Kümmere Du Dich um die Verletzten. Du weißt am besten, was zu tun ist! Lenara, lauf und hole Licht und Schwerter. Und zu Gardia sagte sie: „Wir haben gesehen, was Euch geschehen ist. Salixia ist nur nicht hier. Wir können sie seit Tagen nicht erreichen. Aber wir konnten alles, was auf Lunar passiert ist beobachten, als wir mit unseren Händen die Wurzeln des Baumes berührten.

Lenara kam schnell zurück und hatte dabei, was sie benötigten. „Gardia, finde Efania! Nimm Arina, unsere Feen und Kobolde mit. Schnell, bevor es zu spät ist!" sagte sie mir sorgenvoller Stimme.

Die Fliehenden hatten den Lebensbaum erreicht. Erleichtert ließ die Gruppe sich nieder. Nur sie durften hierher. Der Baum war Ihr Lebensspender. Die Bewohner ehrten ihn nachts in einem regelmäßigen Zyklus, an dem die drei Monde am höchsten standen. Jedes Lebewesen auf Lunar kannte seine

Heilkraft. Eristin war froh, dass die meisten Wunden nur kleinere waren. Sie bereitete den Kräutertrank und verteilte ihn. Zusammen bildeten sie einen Kreis um den Baum und die erste Reihe der Bewohner legte die Hände an die Wurzeln. Alle anderen berührten sich und bildeten so eine Gemeinschaft. Die Kristalle an den Enden der Zweige begannen hell zu leuchten. Immer, wenn der Baum seine Heilkraft schenkte, war er noch strahlender als das Licht der Mondsteine. Die Wurzeln begannen zu vibrieren. Der Baum hatte ein großes Bewusstsein und spürte, dass die Bewohner ihn brauchten. Große, heilende Energie strömte nun in jede einzelne Zelle aller Lebewesen, die verletzt waren. Bald fühlten sie sich besser und die Wunden heilten schnell. Sie dankten dem Lebensbaum für seine Gaben und stimmten ein in einen Gesang, der so hell, leicht und wunderschön war, dass ein Mensch davon in süße Träume fallen würde. Aber das würde niemals geschehen! Denn kein Mensch durfte jemals wieder hierher! Das war die Bedingung von Salixia nach der großen Schlacht und *niemand* würde wagen, sie zu missachten.

Brock und seine Rache

Tief im Felsgestein am höchsten Ende des Nordens auf Farw wartete er. *Sie* selbst hatte ihn schon einmal verbannt. Damals nach der großen Schlacht brachte sie ihn persönlich an diesen Ort und sperrte seinen Geist in die dunkelste Höhle an der entlegensten Stelle ein. Den Eingang hatte sie mit einer dicken Wand aus grauem Nebel verschlossen. Als in der letzten Nacht das magische Schloss seiner Verbannung mit einem lauten Knall brach, konnten es mit Sicherheit alle Bewohner auf Monden und Planeten hören. Und sein böses Lachen danach würde in ihnen *alte* Erinnerungen erwecken. Aber *diese eine Erinnerung* in *ihr* hatte er *gelöscht*, und zwar gleich nachdem es geschehen war. Der Dunkle konnte sehr listig sein. Er hatte *aus Rache an ihr* dafür gesorgt, dass *sie* König Terus ermordete. Bis heute hatte sie *keine* Ahnung, *was* ihr damals eingepflanzt worden war. Gift war eine mächtige Waffe! Nach der Zerstörung seines Körpers und der anschließenden Verbannung seines Geistes musste er nur noch warten! Und er *konnte* warten! Hass, Neid und Gier mussten lange und heimlich genährt werden. Jetzt war es soweit! Er hatte *sie* soweit und bekam endlich *ihre* Hilfe. Noch konnte er nur mit seinen Gedanken ihr Handeln lenken. Aber sehr bald hätte er mehr von ihr. Sie würde ihm ganz und gar gehören. Dieses einzigartige Lichtwesen würde an seiner Seite bald selbst dunkel wie die Nacht und noch schöner sein als zuvor. Und dann *mit ihm gemeinsam* alles Gute vernichten!

Sie hatte den Weg durch die Schranke gefunden. Jetzt kam sie *als Krähe* immer wieder zu ihm. Sie kannte den Nebel und wusste selbst am besten, wo sie ihn durchdringen konnte. Inzwischen war die schwarze Magie ein Teil von ihr. Niemand ahnte es. Selbst Merlon hatte nichts gemerkt. Sie hatte den Zauberer schon immer geblendet mit ihrem Liebreiz. Bald jedoch würde sie ganz andere Gedanken und Gefühle in sich tragen. Die *Wahrheit* der Vergangenheit wäre nur noch verschwommen. Die vom Dunklen *für sie erfundenen* Geschehnisse wären bald die einzige Wirklichkeit in ihrem Kopf. Sie würde ihm die Schatulle bringen. Nur sie war dazu in der Lage! Damit wäre seine frühere Gestalt wieder vollkommen. Mit ihr, der Schatulle und Hylar hätte er *die stärksten* Mächte auf seiner Seite, die damals dem Bösen das Ende bereitet hatten. In seinen Gedanken lachte er laut. Seine Kräfte würden bald so groß sein, dass seine Feinde nicht einmal den Hauch einer Chance gegen ihn hätten.

Drei Tage zuvor...

Jedes einzelne Lebewesen bekam eine Einladung. Und alle waren ihr gefolgt! Menschen und Feen hatten für *dieses besondere* Ereignis ihre festlichsten Kleider hervorgeholt und trugen glänzende Geschmeide. Die Tiere und Fabelwesen hatten Fell und Gefieder herausgeputzt wie lange nicht. Ein großes Fest stand bevor. Alle Menschen von Terrar, die Bewohner der Monde und selbst jedes Lebewesen von Lunar waren hier zusammen gekommen. Das Fest wurde gefeiert zu Ehren des Thronfolgers von Naransorr dem König, und Lana, seiner Königin. Lana war so unglaublich glücklich darüber, dass Salixia ihre alte Bedingung für *diesen einen Tag* selbst außer Kraft gesetzt hatte. Sie sah nach all der Zeit des Friedens keinen Grund mehr, es für ein solch wichtiges Ereignis nicht zu tun. Außerdem hatten Jessaria und Lenara versucht, sie davon zu überzeugen. Aber es war eigentlich nicht notwendig, denn Salixia selbst hatte große Sehnsucht nach Lana und konnte nur zustimmen. Sie wollte unbedingt Lana's ersten Sohn im Arm halten und das kleine, neue Menschlein im Universum mit dieser Geste würdigen. Und ihre Stute...wie würde sie sich freuen, ihr inzwischen erwachsenes Fohlen Albina zu begrüßen.

Merlon war trotz der Bestimmung *der einzige Mensch,* der durch seine Magie zumindest in Gedanken auf Lunar sein durfte und die *Erlaubnis* dafür hatte. Wenn es auch nur sehr selten geschah, dass er durch seine Kugel seine Heimat Terrar und seine wunderschöne Burg *gedanklich* verließ, war es dennoch Salixia's Wunsch, die Menschen auf Terrar trotzdem immer im Auge zu behalten. So hatte auch die Ur-Ahnin die zusätzliche Gewissheit, dass es Lana gut geht. Die meiste Zeit in den Nächten verbrachten sie jedoch gemeinsam durch ihre starke Magie auf Lunar. Er konnte bei ihr sein, wenn auch nicht so oft, wie er es sich wünschte. Aber er war damit glücklich. Er hatte dass, was Anderen durch die Bestimmung ganz verwehrt worden war. Salixia war vom ersten Moment an seine große Liebe. Sie zog *selbst ihn* in ihren Bann. Und wer konnte schon einen Magier davon abhalten, gedanklich bei seiner Liebe zu sein und *trotzdem* seiner Heimat treu zu bleiben?

Merlon war so fröhlich und aufgeregt über die Geburt, dass er unachtsam wurde. Er dachte nur daran, wie glücklich Salixia wäre, wenn sie Alle gemeinsam auf Terrar feiern könnten. Brock konnte das fühlen. Der Dunkle nutzte die Gelegenheit und befahl *ihr*, den Amethyst in Merlon´s Stab auszutauschen und zu ihm zu bringen. Als die Bewohner von Lunar zusammen Terrar erreichten, war es ihr gelungen, den Edelstein an sich zu nehmen, ohne das irgendjemand etwas merkte. Wie in Trance hatte sie ihn entwendet und einer Krähe gegeben, um ihn sofort zu ihrem Herrn zu bringen. Merlon benutzte seinen Stab nur gegen das Böse! Aus reiner Gewohnheit nahm er ihn überall hin mit. Man konnte ja nie wissen... aber in den letzten Jahren fühlte auch er keinen Grund mehr, übertrieben achtsam zu sein.

Alles war vorbereitet! Der Festtag war angebrochen. Wie aufgeregt und voller Vorfreude alle waren! Salixia war als erste bei Lana und sie fielen sich in die Arme. Freudentränen liefen bei Beiden die Wangen herab. „Ich danke Dir so sehr!" sagte Lana. „Es ist so lange her und es tut so gut, Euch Alle wieder zu sehen! Aber jetzt müssen wir uns eilen. Das Horn wird bald erklingen und mit der Rede des Königs werden die Festlichkeiten beginnen." Salixia nahm den kleinen Prinzen kurz auf den Arm und war überglücklich. Er sah aus wie Lana! „Ich bin pünktlich da..." sagte sie zu Naransorr und Merlon. „Ich möchte nur noch schnell zu Albina. Meine Stute ist auch schon voller Vorfreude. Mit einem Augenzwinkern verließ sie mit Merlon die Gemächer. Er war unglaublich stolz auf sie.

Lana ging zusammen mit Naransorr auf die Empore des großen Turmes. Der König trug seinen kleinen Sohn auf dem Arm und zeigte ihn stolz. Alle klatschten für den kleinen Prinzen. Er sprach aus vollem Herzen Sätze des Dankes für Alles. Das sein Sohn gesund zur Welt gekommen war, dass Alle erschienen sind, um ihn zu ehren. Und dass Salixia die alte Bestimmung für diesen Tag außer Kraft gesetzt hatte. Dann übergab er den kleinen Menschen, der genussvoll gähnte, der Amme. Mit einem Lächeln sagte der König..."Er braucht noch viel Schlaf in seinem jungen Leben! Prinz Terus wird einmal so stark sein wie mein Vater es war! Ihm zu Ehren war es der Wunsch meiner Königin, unserem Prinzen den Namen Terus, der Zweite, zu geben." Wieder klatschten alle begeistert.

Sie jedoch nicht! Übelkeit stieg so plötzlich in ihr hoch, dass sie sich an der Wand stützen musste. Dieser Name! Er löste *eine Erinnerung* aus! Sie war auf dem Weg ganz nach vorne. Sie schaffte es nicht. Sie nannten ihn Terus??? Und es war der Wunsch von Lana? Sie musste von hier weg! Merlon würde es sicher nicht merken. *Terus!* Sie fühlte eine unbändige Wut in ihrem Inneren. Wie konnte sie *das* nur vergessen? So sehr hatte sie ihn geliebt damals. Aber er hatte sie verschmäht! Eingetauscht gegen die Andere mit hellen, leuchtenden Haaren. Dabei war ihre dunkle Schönheit so viel mehr! Sie rannte so schnell sie konnte weg vom Schloss. Niemand hatte sie beachtet. Nie vorher hatte sie solche Gefühle gespürt. Es drehte sich alles in ihrem Kopf. Als sie weit genug entfernt war, brach sie völlig erschöpft zusammen.

„Salixia..." Merlon war bei ihr. „Was ist geschehen? Ich habe Dich nirgendwo finden können. Auch bei Albina warst Du nicht mehr. Vielleicht war ja die ganze Aufregung, Lana endlich wiederzusehen, einfach zu viel. Komm, ich stütze Dich. Die Feier geht langsam zu Ende. Wir sollten uns verabschieden. Lana hat sich schon große Sorgen gemacht. Ich bin so froh, Dich endlich gefunden zu haben."

Ein wunderschöner Tag ging für Alle viel zu schnell zu Ende.

Kaum jemand war aufgefallen, wie lange *sie* weg war. Dass sie in dieser Zeit *Wasserelement und Windelement gestohlen hatte,* wusste *nur der Dunkle selbs*t. Sie waren nun sein!

Efania genoss es, bei ihrer Schwester zu sein. So sehr hatte sie sie vermisst, so lange Zeit nicht gesehen. Erst spät traf Efania auf Barrnon. Sie hatten sich lange über viele Dinge aus der Vergangenheit unterhalten. Es war das erste Mal, dass sie *anders* auf ihn zugegangen war. Voller Selbstsicherheit und mit einer inneren Gelassenheit, die sie vorher in diesem Maße nicht kannte. Aber beide wussten auch, dass es bei diesem *einen* Tag für sie bleiben würde. Efania konnte und durfte Gefühle für ihn nicht zulassen. Und Barrnon musste es hinnehmen. Ein weiteres Mal...

Nur wenige Tage später passierte es! Sein Traum, das Geräusch, Efania´s Nachricht für die Versammlung. Irgendetwas stimmte plötzlich ganz und gar nicht!

Die Armee des Bösen
(Ein Tag vor der Versammlung)

Brock dachte zuerst nicht, dass ausgerechnet der Ort seiner Verbannung das optimale Versteck für seine Pläne werden würde. Hier hatte er alles, was er benötigte für den Aufbau seiner neuen, viel größeren Armee. Aus dem Felsgestein konnte er mit Hilfe der Krähen Waffen schmieden, so viel er wollte. Es war mehr als genug davon da und es würden wesentlich bessere Waffen werden, als er sie damals zur Verfügung hatte. Diese hier würden so hart wie Stahl! Seine Feinde hatten sich selbst mit ihren Entscheidungen ihr eigenes, kaltes Grab geschaufelt. Der Norden von Farw war kühl und karg. Hier würden sie ihn am wenigsten vermuten. So hatte er genug Zeit, um sein Krähenheer von damals zu verdoppeln. Die ersten wichtigen Dinge dafür hatte er nun. Merlon´s Amethyst und weitere Elemente waren bald sein. Die Erde auf Terrar war bereits von *ihr* vergiftet worden. Diese Feier hatte so viele Möglichkeiten für ihn geboten. Als sie zu Ende war, konnten zwei seiner neuen, größeren Krähen auf *ihr* Geheiß hin mit etwas von dieser Erde heimlich durch die offene Schranke von Lunar fliegen. Sie konnten so die Wächter vergiften und Alle damit ablenken! Alle Bewohner und Lebewesen würden in dieser Nacht des Feierns *keine Wache* mehr halten. Sie hatten so ein großes, dummes Vertrauen und dieses Ereignis hatte sie alle unvorsichtig gemacht! Keiner würde so schnell merken, dass drei der Elemente bald ihm gehörten. Das *Feuerelement* war sein letztes Ziel. Und das sehr bald. Brock's Plan ging auf. Salixia hatte das Wasserelement auf Osbur an sich genommen und war jetzt ganz in seiner Nähe auf Farw. Sie konnte sich endlich von dem besorgten Merlon wegstehlen und war in diesem Moment mit List und Magie dabei, das Windelement an sich zu nehmen. Die Krähen hatten gleichermaßen ihren Auftrag erfüllt, *die Wächter von Lunar lagen im Sterben.*

Efania würde sie bald alle zu sich rufen. Besser konnte es nicht sein. Der Dunkle konnte dann erbarmungslos zuzuschlagen! Esdoria würde Hylar freigeben, sofern auch das Feuerelement in seinem Besitz wäre. Darauf freute er sich ganz besonders. *Bald* würden sie auf Lunar den lauten Knall hören und in Panik geraten. Das musste *seine* Schlacht werden! Er fühlte die Macht wachsen und ergötzte sich daran.

In jeder Stunde wuchs die Armee weiter. Brock hatte bereits mehrere tausend Krähen! Aber sie waren nicht nur das. Dafür hatte *sie* gesorgt. In der kurzen Zeit, als sie ihm Merlon's Edelstein brachte, benutzte sie ihn ganz nach Brock's Wunsch. Sie machte aus *jeder einzelnen* Krähe Wandler. Aus Staub und Gift erschuf sie viele böse Kreaturen. Immer wieder konnten sie ihre Gestalt am Boden ändern. Aus Krähen wurden zweibeinige, dunkle Kämpfer mit messerscharfen Klauen und langen Reißzähnen. Deren Fähigkeiten würden sie unschlagbar machen und ihre Größe allein reichte aus, um die Gegner in die Flucht zu schlagen. Einige wenige überragten alle Anderen. Diese würden die Anführer sein! Sie beherrschten Schwert, Speer, Axt und Messer. Das Heer war fast vollständig und in ein paar Tagen waren sie bereit zum alles vernichtenden Krieg.

Sie veränderte sich zunehmend. Aber es war noch zu früh.

Noch durfte es niemand wissen. Brock spürte bereits ihre Hingabe in jedem Moment, in dem sie zusammen waren. Sie betrachtete die Krähen als ihre Kinder. Der Dunkle war erstaunt über die Intensität ihrer Rachegedanken. So leicht hatte er es sich nicht vorgestellt, *sie* zu manipulieren. Sie würde genauso erbarmungslos sein wie seine Anführer. In ihren Gedanken formte sie Rachegelüste für das, was Menschen und Ur-Ahninnen ihr *angeblich* angetan hatten. Das Gefühl von Liebe hatte der Dunkle in ihr schon fast ausgelöscht. Es war so weit weg, dass sie sich kaum noch daran erinnern konnte. Sie wusste nur noch, dass sie Terus geliebt hatte und zwar mehr als ihr eigenes Leben! Er hatte sie belogen, betrogen und hintergangen! Sie würde niemals wieder einem *Menschen* vertrauen! Genau deshalb hatte sie die Bestimmung festgelegt. Freier Zugang nach Lunar war danach für *alle Menschen* und mit ihnen verbundene Fabelwesen oder Tiere verboten.

Nach der Schlacht konnte sie sich nicht mehr an das Geschehene erinnern... und auch, was sie genau zu *dieser* Bestimmung getrieben hatte. Minuten vor der Verkündung war sie damals in Ohnmacht gefallen. *Das* wusste sie noch.

Inzwischen kam sie regelmäßig zu ihm. Immer mehr verfiel sie dem Bösen und der schwarzen Magie. Sie selbst wandelte sich kaum noch zurück in ihre Gestalt als Ur-Ahnin. Nur, wenn sie Merlon täuschen musste...aber das war inzwischen sehr leicht. Sie wollte mehr. Und Merlon war vernarrt in sie. Er merkte einfach nichts. So lange schon spielte sie ihm die liebende Gefährtin vor. Langsam wurde es anstrengend. Nur noch ein einziges Mal...sie würden ganz sicher bald die Schatulle zu Merlon bringen. Auf Lunar war der Schatz nicht mehr sicher. Salixia wusste genau, was sie tun musste. Das Gift war bereits abgefüllt. Ihr Durst nach Rache war inzwischen größer als alles Andere. Terus war tot! Er lachte sie damals aus, als sie ihm das Angebot machte, an ihrer Seite auf Lunar über das ganze Universum zu herrschen. Sie hatte alles mit erschaffen! Und dann gebar seine Königin noch einen Sohn. Das war zu viel! Immer, wenn sie den Lebensbaum berührte, schrie etwas in ihr. Der Tod von Terus reichte ihr nun nicht mehr. Sie selbst hatte ihn ermordet! In dem Getümmel der Schlacht hatte keiner sie in dieser dunklen Gestalt vermutet. Blitzschnell stach sie zu mit dem vergifteten Dolch. Danach war alles dunkel um sie herum. Sie lag in ihrer Gestalt als Ur-Ahnin am Boden und jeder glaubte, sie und der König wären von derselben Krähe gleichzeitig angegriffen worden. Laut wimmernd schrie sie nur: „Terus...nein...“

Wären nicht in diesem Augenblick Hylar und Drakarr gekommen, hätte das Böse schon damals die Schlacht gewonnen! So musste der Dunkle seine letzte Karte ziehen und sie alle mit einer List hintergehen. Er hatte den Grundstein in *ihr* dafür gelegt. Diesen Krieg würde er verlieren, aber diese *eine* Option hatte er listig vorher genutzt und irgendwann würde er seinen Trumpf ausspielen. Brock lächelte böse in sich hinein. Das Beste waren die letzten Sekunden im Leben des Königs. Im Sterben erkannte er, *wer* ihm den Dolch in sein Herz gestoßen hatte. Das befriedigte Brock seit langer Zeit und inzwischen auch Salixia, seine neue, dunkle Gefährtin. Böse Gedanken und viele *falsche* Erinnerungen hatte er in ihren Kopf gepflanzt. Alles lief genau nach seinem Plan! Die Krähen schwirrten um Salixia herum. Ihre wirkliche Vergangenheit und ihr ursprüngliches Wesen verschwammen immer mehr und bildeten bald nur noch eine neue, böse Mischung aus düsteren Wahrheiten. Sie mochte sich so, wie sie *jetzt* war. Dunkel, stark und wunderschön. Der einzige Unterschied war die veränderte, schwarze Seele in ihr.

Ein Teil ihrer Arbeit war getan. Sie hatte beide Elemente , Wasser und Wind, mit Leichtigkeit entwendet und die Erde vergiftet. Leise, mit Gift und mit dunkler Magie, sodass es niemand merkte. Bald gehörten Brock an ihrer Seite *alle* Elemente. Nur das Feuer fehlte noch. Aber das sollten *ihre Krähen* mit einem *lauten Geräusch* entwenden, sobald sie die Aufforderung von Brock bekamen. Jedes Ohr auf Lunar sollte es hören und in Panik geraten. Und Salixia´s Aufgabe war es, Merlon zu beobachten und nach der Schatulle Ausschau zu halten!

Ankunft auf Terrar

Morrja und Xenara hofften, dass die Krähen nicht in einer so großen Überzahl waren. Sie fürchteten um das Leben von Retarr und Karracx. Und sie selbst hatten große Angst! Sie waren nur zu zweit und hatten diesen wertvollen Schatz bei sich. Eine solche Verantwortung mussten sie in ihrem Leben bisher noch niemals tragen. Das Einzige, was sie beruhigte, waren ihre Fertigkeiten im Kampf. Sie waren nicht nur *gute* Kriegerinnen. Sie waren die Besten! Die Nordmänner waren bekannt dafür, die härtesten Lehrer zu sein und gingen solange mit ihren Frauen an die Grenzen, bis sie genauso stark kämpfen konnten, wie sie selbst! Ihre Ehemänner und die große Schlacht hatten sie Vieles gelehrt. Aber das Wichtigste davon war: Niemals aufgeben!

Sie hatten die Transportstation endlich erreicht. Morrja hatte Retarr's Beschützerfalken vom Boot aus vorausgeschickt um ihre Ankunft anzukündigen. Es verlief alles reibungslos. Eine Transportkugel war bereit und sie konnten still und heimlich mit Hilfe des Stationswächters von Lunar nach Terrar fliehen. Aufgrund der Versammlung war das Schutzschild wieder offen. Und diese Kugel würde sie innerhalb *kürzester* Zeit zu Merlon bringen. Der Falke blieb bei ihnen. Sie hatten Glück. Ihre Reise und ihr wichtiges Vorhaben blieb wohl für den Moment den

Augen des Bösen verborgen.

Die Landung auf Terrar verlief wie geplant. In direkter Nähe von Merlon's alter Burg und nicht weit weg von König Naransorr's Schloss fanden sie eine perfekte Stelle auf einer von Bäumen umgebenen Lichtung. Kein Anzeichen von schwarzer Magie oder irgendwelchen Krähen weit und breit! Der Falke war an ihrer Seite und hätte es sofort bemerkt. Sie kannten diese Gegend noch. Damals hatten sich die hässlichen Fratzen des Bösen in ihre Erinnerung gebrannt. Hier kämpften alle um ihr Leben. Die ganzen Bilder von Jenen, die von den Krähen bestialisch getötet worden waren. Es waren so viele, die sie gekannt hatten.

Die Burg war eines großen Magiers würdig. Mehrere kleine Türme und ein größerer, mit herrlich bunten Glasfenstern in der Mitte, reckten sich zum Himmel. Ein breiter Weg mit hohen Bäumen und blühenden Rosen führte zur einer Brücke direkt vor den Torbogen. Hier zeigten zwei Feenfiguren einladend auf den massiven Eingang aus Eichenholz. Unter der Brücke bahnte sich ein Fluss aus blauem Gold seinen Weg und glitzerte im hellen Licht. Hier im großen Turm bewahrte Merlon seine Kugel der Wahrheit auf. Niemand hatte die Macht, sie von hier zu entfernen. Immer wieder stieg er die Stufen zu ihr hinauf, um zu sehen, was im Universum geschah. Auch heute suchte er nach dem lauten Knall überall nach Salixia. Er schaffte es nicht, sie zu finden! Er sah jedoch die Transportkugel, die sich Terrar näherte...dunkle Zeichen kündigten auch das Böse an. Er stieg eilig die Stufen herab und rannte zum Torbogen.

„Morrja, Xenara...Eilt Euch! Ich sah Euch bereits kommen! Schnell herein. Dunkles ist im Gange!"

Sie waren keineswegs erstaunt. Merlon hatte immer Visionen. Früher schon waren sie oft hilfreich und verschafften die nötige Zeit zum Handeln.

Im hohen Turm oben angekommen schauten sie in seine Kugel der Wahrheit. Dunkel war sie wie nie zuvor und Krähen konnten sie erkennen. Viele flogen wie düstere Wolken um die Monde. Merlon schaute Morrja an...„Ich konnte die ganze Zeit nicht viel sehen. Bis eben...vor wenigen Augenblicken zeigte mir die Kugel sehr deutlich, dass schwarze Magie benutzt wurde! Es ist das erste Mal seit damals...! Aber von wem nur? Und ich weiß nicht, wo Salixia ist. Habt Ihr sie gesehen? Was ist auf Lunar geschehen?"

„Wir haben sie auch nicht gesehen. Alles ging so schnell. Sie war auch nicht bei der Versammlung. Merlon, was geschieht hier nur? Und was passiert bei der Grotte?" fragte Morrja ängstlich.

„Das ist es ja...alles ist in einem dunklen Nebel. Keine klare Sicht! Noch nicht einmal die Kugel gibt etwas preis. Nur Euer Kommen konnte ich sehen. Das war das letzte, was deutlich war. Wir brauchen Salixia! Jetzt! *Wer* hat nur das Böse wieder erweckt? Brock *kann* es einfach nicht selbst gewesen sein! Ohne seine vollkommene Gestalt hat er keinerlei Macht! Und seine Gestalt kann er *unmöglich* schon haben. Ohne den Inhalt der Schatulle ist selbst das Böse nicht dazu in der Lage. Außerdem benötigt er den Schlüssel. Und der ist im Besitz von Efania!" sagte Merlon ganz aufgeregt.

„Sie ist mit den Bewohnern zum Lebensbaum geflohen. Wir wissen noch nicht einmal, ob sie noch leben.!" flüsterte

Xenara. „Hoffentlich sind sie dort angekommen. Brock hat inzwischen die Macht aller vier Elemente an sich gerissen. *Hylar* wurde freigelassen." Merlon war entsetzt. Seine Gedanken kreisten.

„Merlon, was sollen wir nur tun? Wir sind hier allein. König Naransorr kämpft mit Barrnon, Karracx und Retarr vor der Grotte des Lichts." Morrja konnte nur mit Mühe ihre aufkommenden Tränen zurückhalten. So hart wie die Nordfrauen auch kämpfen konnten...ein großes Herz für jene, die sie liebten, war ebenfalls eine ihrer Stärken! Efania hatten sie noch vor der großen Schlacht kennen gelernt und wussten von Barrnon´s Gefühlen für sie. Beide mochten die Feenkönigin von Anfang an. Jetzt waren sie alle zusammen in großer Gefahr.

„Ich sah nur Bruchstücke in der Kugel und wusste diese nicht zu deuten!" sagte Merlon. „Auch mein Stab ist blockiert. Wir können nicht hier bleiben. Wir müssen so schnell es geht zum Schloss. Nur dort können wir die Schatulle sicher verstecken. Schnell. Beeilen wir uns!" Sie liefen die Stufen in großen Schritten hinunter. Merlon nahm seinen Stab und die Schatulle klemmte er fest unter seinen Arm. „Es ist nicht weit, wie ihr wisst, aber mit Pferden sind wir noch schneller." Sie ritten wie vom Bösen selbst gejagt über die Wiesen und Felder zum Schloss. Der Falke flog direkt über ihnen. Er drehte immer wieder kurz in verschiedene Richtungen ab. Mit seinen scharfen Augen beobachtete er auch die umliegenden Wälder. Nichts würde seinem Blick entgehen! Die noch so kleinste Bewegung vermochte er zu erkennen. Es gab kein Anzeichen von Krähen oder anderen Feinden. Er gab ein lautes Zeichen von sich. Das beruhigte Merlon etwas. Aber *nur* etwas!

Merlon und die schwarze Magie

Sie hatten das Schloss erreicht. Der Weg war kurz aber sehr gefährlich. Auf den Feldern waren sie schutzlos dem Bösen ausgeliefert. Der Falke war ein Segen! Er hatte alles ausgekundschaftet und jetzt mussten sie sich auf den nächsten Schritt konzentrieren. Die Anspannung blieb! Merlon öffnete das goldene Tor. Niemand war dort. Es war ruhig. Zu ruhig! Wo waren alle geblieben? Keine einzige Wache war hier.

Morrja und Xenara waren fasziniert von der ganzen Pracht im Inneren. Riesige Bilder von Terus und seiner Königin, und auch von Naransorr und Lana hingen an den Wänden am oberen Ende einer großen Treppe, die sich dort nach beiden Seiten teilte. Ein leerer Rahmen war genau dazwischen bereits vorhanden und sollte wohl bald der Platz sein für das Bildnis des kleinen Prinzen. Die weiteren Stufen führten in den linken und rechten Flügel. Samtene Vorhänge hingen von den hohen Decken herunter. Sie strahlten mit den vielen goldenen Verzierungen etwas königliches aus. Überall darauf waren Wappen zu erkennen. Die Wappen ihrer Heimatmonde erkannten Beide sofort. Sie waren auf den Vorhängen des linken Flügels mit goldenen Fäden gestickt. Es waren die Zeichen für die Elemente des Wassers und des Windes. Auf den rechten Vorhängen war die Flamme von Thumar und das

Symbol der Erde von Terrar zu sehen.

Trotz der mit viel Liebe so schön gestalteten Umgebung verspürten alle ein Gefühl von ungewohnter Kälte. Selbst Merlon's Unbehagen wurde zunehmend stärker. „ Wir können hier nicht bleiben! Ich fühle es. Die schwarze Magie ist in der Nähe!" Morrja und Xenara schauten sich nervös um und gingen langsam rückwärts zurück zum offenen Tor.

Merlon's Erinnerungen kamen ganz plötzlich in seine Gedanken. Genau hier vor dem Tor stellte er sich damals mit Salixia gegen Brock. König Terus kämpfte wie zehn seiner stärksten Männer. Er war einer der besten Krieger, die Merlon je in seinem Leben gekannt hatte. Es war ihm bis heute ein Rätsel, wie eine einzige Krähe die Kraft und Geschicklichkeit hatte, den König zu töten. Ohne das Erscheinen der Drachen wäre Brock wohl am Ende der Stärkere gewesen. Sie waren es, die das Krähenheer zum großen Teil vernichteten und den Dunklen dadurch schwächen konnten. Danach war es für Merlon leichter. Er hielt Brock mit seinem Stab in Schach und Barrnon reichte dieser *eine* Moment, um Brock zu vernichten. Er stieß mit voller Wucht sein Schwert in Brock's Brust. Efania tat es ihm gleich und Salixia verwandelte die sterbende Hülle zu Staub! Im nächsten Augenblick zerfiel sein gesamtes Heer und *Hylar* fiel zu Boden. Merlon sah es noch vor sich, so, als wäre es erst gestern geschehen. Das, was Brock mit letzter Kraft und der Macht der schwarzen Magie Hylar angetan hatte. Als die Feen Hylar weggebracht hatten, verschloss Salixia Brock's Überreste fest in einem gläsernen Gefäß und brachte sie an einen geheimen Ort.

Merlon hatte die gleichen Gefühle wie damals. Die schwarze

Magie war deutlich zu spüren. Aber er fühlte sich blind. Warum konnte er in der Kugel der Wahrheit nichts mehr erkennen? Ihnen blieb jetzt nur noch die Flucht! Sie mussten unbedingt weg von hier, bevor die schwarze Magie sie mit etwas Dunklem überraschen würde. Er wurde schon oft von ihr gelockt. Immer wieder versuchte diese Macht ihn auf ihre Seite zu ziehen. Er widerstand *allen* Verlockungen des Bösen. Trotzdem war es gefährlich. Schwarze Magie konnte nicht töten. Aber sie konnte Vieles *als Werkzeug* dafür benutzen. Er und Salixia würden ihr immer widerstehen und auch jetzt die Kraft aufbringen, dem Dunklen die Stirn zu bieten!

„Hallo Merlon" sagte plötzlich eine Stimme hinter dem Tor. Er erschrak und war gleichzeitig froh, sie zu sehen. „Warum so voller Angst?" fragte Salixia. „Wovor flüchtet ihr?"

Auch Morrja und Xenara hielten ihre Waffen hoch und drehten sich ruckartig um. Keiner hatte Salixia bemerkt. Nach dem ersten Schreck beruhigten sie sich wieder. Sie waren erleichtert und schöpften neue Hoffnung. Morrja und Xenara ließen ihre Waffen sinken. „Wie gut!" sprach Merlon. „Du bist endlich hier. Ich konnte Dich nicht sehen und auch nicht erreichen. Die Wahrheitskugel hat alle Sicht vernebelt und ich sorgte mich um Dich. Wir brauchen Deine Hilfe!" Ihre Augen wurden schmal. „ Wir haben die Schatulle hierher gebracht." sagte Morrja. Salixia lächelte. Merlon erinnerte sich kurz an den Moment, als er sich in sie verliebt hatte. Er lernte sie erst unmittelbar vor der großen Schlacht auf Lunar *näher* kennen. Aber lange davor war es schon um ihn geschehen. Nach der großen Schlacht nahm er all seinen Mut zusammen und gestand ihr seine Gefühle. Als sie diese erwiderte, stand sein Herz völlig in Flammen.

Merlon ahnte nichts vom Giftpfeil Brock's, der in der großen Schlacht in Salixia's Herz fest verankert wurde. Er war viel kleiner als der Pfeil für Hylar und *dieses* Gift wirkte komplett anders. Es *veränderte* und *beeinflusste* den Träger. Und zwar *erst dann,* wenn schwarze Magie diese Änderung hervorruft. Der Dunkle hatte immer alles genau geplant *vor* jeder Schlacht! *Und* er hatte für seine eventuelle, erneute Vernichtung vorgesorgt. Das Böse würde sich *immer* Hintertüren offen lassen, von denen kein anderes Lebewesen etwas ahnte. Dieses Gift hatte nun gewirkt und diese Wirkung war durch den Namen `Terus` hervorgerufen worden. Brock's Rachepläne waren genauso böse, hinterlistig und dunkel wie seine Seele. Er hatte damals nicht verloren! Aber *das* wusste nur er selbst.

„Ich bin so froh, dass Du bei uns bist!" Merlon nahm Salixia in den Arm und gab ihr einen flüchtigen Kuss auf die Wange. „Böse Mächte sind am Werk. Schwarze Magie ist überall zu spüren." „Wirklich?" flüsterte Salixia..."Ich ahnte es bereits. Ich habe bisher nur diesen lauten Knall vernommen. Deshalb war ich auch nicht auf der Versammlung geblieben. Ich wollte nachsehen, aber konnte nichts feststellen. Die Schatulle muss hier unbedingt weg, wenn Du die schwarze Magie schon fühlst. Auf Lunar ist sie *immer noch* am sichersten! Es gibt dort andere, weitere geheime Orte, die für das Böse schwer zugänglich sind!"

„Wir sollen wieder zurück?" fragte Morrja. „Xenara und ich sind doch erst von dort gekommen mit der Schatulle." „Salixia hat Recht" sagte Merlon. Hier ist sie jedenfalls auch nicht sicher. Und auf Lunar gibt es bessere Möglichkeiten. Außerdem können wir die Anderen beim Kampf unterstützen."

„Dann sollten wir uns beeilen! Wir haben eine der schnellsten Transportkugeln auf einer Lichtung im Wald versteckt. Lasst uns die Pferde nehmen!" sagte Xenara und sprang auf. Salixia stieg hinter Merlon auf und der Falke begleitete sie. Nur fiepste er jetzt immer ängstlicher. Merlon hatte die richtige Ahnung. Eine andere Magie als die seine war in ihrer Nähe und hatte sie im Auge. Innerhalb kürzester Zeit erreichten sie die Kugel. Hintereinander stiegen sie ein. Falkarr war unruhig. „Keine Angst" sagte Merlon. „Wir sind bald bei Deinem Herrn!"

Merlon legte die Schatulle zurück in die Kiste. Er wollte sie mit seiner Magie verschließen aber sein Stab ließ ihn erneut im Stich. Salixia half und verschloss sie selbst. Keiner von ihnen bemerkte den kurzen Moment, als ihre Augen dabei dunkler wurden. Sie lächelte in sich hinein und wusste, dass sich nun alles fügte. Brock würde bald seine Gestalt haben und nichts mehr könnte sie beide dann noch aufhalten. Alle fröstelten immer noch vor Angst. Salixia hatte von ihren wohltuenden Kräutern dabei und bereitete einen Trank. „Er wird Euch wärmen und die Gedanken beruhigen. Wir brauchen alle unsere ganze Kraft, wenn wir auf Lunar landen."

Ihre Fracht war wertvoll. Oder war sie eher gefährlich? Weder Merlon, noch die beiden Kriegerinnen ahnten, *wen* sie bei sich hatten. Zuerst entspannten sie merklich. Dann fielen ihnen die Augen zu. Salixia übernahm die Kugel und änderte ihre Richtung.

Aber *Einer* von ihnen fiel nur in einen leichten Schlaf. Denn *er* hatte einen Teil des Tranks heimlich ausgespuckt.

Die Schöpfung und das Böse

Im Ursprung ist das Göttliche und im Universum ist alles unendlich!

Sie gehörte zum Beginn allen Lebens. Sie war bei der Entstehung die *erste* der Ur-Ahninnen. Ihre Schwestern Jessaria und Lenara standen für alle Elemente, die zusammen jedes Leben ermöglichten. Es gab Feuer, Wasser, Erde und Wind. Als die weitere Entstehung im Universum mit Planeten und Monden fast vollendet war, wurde ein wunderschöner, einzigartiger Baum auf Lunar gepflanzt. Lunar sollte von nun an der Heimatplanet der Ur-Ahninnen sein und der Baum sollte alle kommenden Lebewesen für immer beschützen. Wunden und Verletzungen sollte er heilen können und die Lebewesen von Lunar zusätzlich tief miteinander verbinden.

Um das Gleichgewicht im ganzen Universum zu unterstützen, erhielten die Ur-Ahninnen weitere Pfeiler, auf denen alles aufgebaut werden sollte. Sie wurden als Elixier in gläsernen Flaschen überreicht und sollten tief unter dem Lebensbaum in der Erde ruhen. Eine Flasche war gefüllt mit Licht und Liebe, eine weitere mit Ehrfurcht und Dankbarkeit, die letzte trug das Elixier von Gerechtigkeit und dem Bewusstsein für Verantwortung in sich. Es wurde in der folgenden Zeit so viel

Wunderschönes erschaffen, dass weder das Göttliche selbst noch die Ur-Ahninnen bemerkten, dass sich *eine* Wurzel des Lebensbaumes dunkel färbte. Als es drohte, den Stamm zu vergiften, befahl das Göttliche Salixia, die Wurzel vom Baum zu trennen, auszugraben und zu verbrennen. Die Ur-Ahnin beherrschte das Feuerelement und tat, wie ihr geheißen wurde! Die Asche sollte mit den Pfeilern zusammen tief in die Erde vergraben werden als Zeichen, dass selbst das Vollkommene auch eine dunkle Seite hat, die es galt, zu beherrschen. Salixia grub die Schatulle mit den Elixieren aus und legte die Flasche mit der dunklen Asche dazu. Dieses Mal wurde sie mit ihrem Inhalt *noch tiefer* vergraben. Der Ursprung des Übels war nun fest verankert mit allem, was gut war. Zwischen den beiden stärksten Wurzeln sollte das Gift in der Schatulle niemals wieder etwas Lebendes heimsuchen können oder gar ganz vernichten.

Im Laufe der weiteren Zeit wurden die ersten Lebewesen von den Ur-Ahninnen zur Welt gebracht. Sie nannten sie Feen, wunderschöne Lichtgestalten in groß und klein. Zarte Flügel wurden ihnen geschenkt. So konnten sie überall hin im ganzen Universum. Dann kam weitere Flora und danach Fauna dazu. Planeten und Monde wurden mit den verschiedensten Pflanzen und Landschaften ausgestattet. Unzählige Arten von Tieren und Fabelwesen folgten. Sie waren vielfältig. Klein, groß, stark, witzig, flink und weise. Salixia gab ihnen verschiedene Namen und Wesenszüge. Drachen, Kobolde, Bären, Pferde, Katzen, Vögel und viele andere Arten folgten. Ein paar von ihnen jedoch erhielten eine besondere Aufgabe. Sie sollten einer weiteren Spezies als Beschützertiere und treuer Freund dienen. *Diese letzte Art war der Mensch.* Ein weiteres, einzigartiges und vollkommenes Wesen. Es war die Krone der gesamten

Schöpfung. Die einen ihrer Art waren ruhig und besonnen. Die anderen eher feurig und voller Energie.

Alle Lebewesen sollten das Göttliche ehren und für weiteres Wachstum sorgen. Nachdem die Arbeit getan war, zog sich das Göttliche zurück. Es bildeten sich Gemeinschaften, auf die die jeweiligen Monde und Planeten eine besondere Anziehung ausübten. Die Ur-Ahninnen ernannten die erste Feenkönigin, den ersten Erdenkönig und für die drei Monde die ersten Herrscher. Die Beschützertiere suchten sich ihre Wesen selbst und waren mit ihnen auf ewig verbunden. Alles war fertig und vollkommen.

Tief in der Erde war das Böse fest verschlossen. Nachdem es viele Generationen von Lebewesen vergeblich versuchte, aus seinem Gefängnis unter der Erde zu fliehen, erfand es den Hass. Gier, Neid und düstere Gedanken fanden schnell in Folge ihren Weg in die Außenwelt. Als es dem Bösen endlich gelang, den ersten König mit Gift zu infizieren, hatte es sein Ziel erreicht! Brock war geboren. Das Dunkle war nicht mehr aufzuhalten. Im Körper des Königs wurden von dem Bösen zahllose Kriege entfacht und die Schlachten nahmen kein Ende. Nachdem der dunkle König so viel Leid, Angst und Tod verbreitet hatte, beschloss das Göttliche, dem ein Ende zu bereiten. Es sah, dass die anderen Lebewesen nicht mehr selbständig in der Lage waren, die Gesetze nach den Elixieren der Pfeiler zu befolgen. Nach Bitten und Flehen von Salixia vernichtete das Göttliche nicht *all* das Erschaffene. Es verwandelte *nur* den König, den alle Brock nannten, zu Staub. Die Kriege waren zu Ende und alles Leben konnte nach langer Zeit wieder aufatmen. Dieses Mal wurde jedoch eine weitere Maßnahme ergriffen. Die Menschen brauchten einen neuen

Anführer, der sie wieder zum Guten leiten würde. Ein kleiner Junge namens Terus sollte bald ihr neuer König sein. Er war von Anfang an ein *guter* Mensch und hatte das als Kind bereits bewiesen. Er schlichtete allen Streit, er entschied besonnen, er verteidigte die Schwachen. Das Böse hatte in seinem Herzen keinen Platz! Frühzeitig kämpfte der heranwachsende Terus schon so gut wie seine erwachsenen Gegner. Im Laufe der Jahre wurde er ein stattlicher, starker Mann und bald darauf war er König von Terrar. Er war der beste König, den sich die Menschen wünschen konnten. Er lernte seine zukünftige Königin kennen und lieben. Bald bekamen sie ihren ersten Sohn. Naransorr war ihr ganzer Stolz. Terus und die Königin brachten ihm alle Werte der Pfeiler des Göttlichen bei und bereiteten ihn gemeinsam auf seine Zukunft vor. Als der Prinz alt genug war, weihte Terus ihn ein in das Geheimnis der Katakomben. Der König wollte für alle Zukunft vorbereitet sein. Er kannte die Vergangenheit und wollte sein Volk beschützen für alle Zeiten. Gute Jahre folgten. Naransorr wuchs heran und wurde ebenso stark, mutig und großzügig wie sein Vater. Das Volk liebte ihn.

Aber das Böse kehrte zurück. Niemand konnte die Auferstehung des Dunklen voraussehen oder gar verhindern. Das Gift hatte einen neuen Weg gefunden. Und nun musste Terus das tun, was er immer verachtete. Er musste mit seinem Volk, dass er so sehr liebte, in den Krieg ziehen. Die Schlachten würden wieder viele Leben kosten. Das brach ihm und der Königin fast das Herz. Und dieses Mal hatte der Dunkle geschworen, *endgültig* alles Leben zu vernichten. Terus hatte keine Wahl! Und er wollte das nicht zulassen. Die große Schlacht begann. Alle von Mond oder Planet hielten zusammen und kämpften auf Terrar vor dem Schloss des Königs. Nicht für

Jeden ging dieser Tag und die folgende Nacht gut zu Ende. Viele verloren ihr Leben. Die Königin wurde von Krähen schwer verletzt und starb. Auch König Terus verlor spät in der Nacht sein Leben. Wut und Trauer begleiteten diejenigen, die zurück geblieben waren, noch eine lange Zeit.

Aber auch Gutes kam danach hervor. Neue Freundschaften und Bündnisse wurden geschlossen. Alte Bündnisse gestärkt. Irgendwann waren sie wieder fähig, in eine gute Zukunft zu blicken. Salixia lernte Merlon näher kennen. Er war ein Mensch, aber er hatte ganz besondere Fähigkeiten, die seine Vorfahren ihm weitergeben hatten. Er war der Berater der Könige und der mächtigste Magier auf Terrar. Naransorr wurde König und nahm Lana, die Schwester von Efania zur Frau.

Barrnon, der Herrscher von Thumar sah in dieser Schlacht Efania das erste Mal. Brock hatte sie damals schwer verletzt. Aber sie kämpfte gegen die Wunden an und überlebte! Seite an Seite mit ihren beiden Raubkatzen bot sie dem Dunklen die Stirn! So viel Mut beeindruckte ihn, aber wenn Barrnon damals nicht dazwischen gegangen wäre... er wollte es sich nicht ausmalen. Barrnon war schon lange allein. Er verliebte sich sofort in sie. Ihr Lächeln, als die Feen sie wegbrachten nach Lunar, wird er niemals vergessen. Damals wagte er noch nicht, zu hoffen. Zunächst mussten ihre schweren Wunden heilen.

Nach der großen Schlacht wurde viel und lange beratschlagt. Maßnahmen wurden überlegt und ergriffen. Einige davon waren geheim. Es durfte nicht immer wieder passieren, dass das Böse sich einen Weg bahnen konnte. Salixia flehte das Göttliche noch *einmal* an. Es dauerte dieses Mal *sehr lange*, bis sie vom Göttlichen und neuen Anweisungen hörte.

Die Schatulle erhielt ein Schloss! Der passende Schlüssel sollte Efania überreicht werden, sobald sie vollständig genesen war. Bis dahin blieb der Schlüssel im Besitz der Ur-Ahninnen. Die Schatulle könnte nur mit *diesem einen* Schlüssel geöffnet werden! Efania selbst würde sie an einen geheimen Ort bringen, den nur sie und zwei weitere Feen kennen würden.

Ein großes Fest stand bevor und Efania bekam den Schlüssel in einer feierlichen Zeremonie von Salixia überreicht. An einer glänzenden Kette hing der mit Mondsteinen verzierte Schlüssel und leuchtete so hell wie das Licht der drei Monde. Geschmiedet aus dem Gestein von Lunar und geformt wie das Zeichen des Göttlichen. Es war ein großer Moment für die junge Feenkönigin. Jetzt war sie die Hüterin des Schlüssels. Sie legte die Hand auf ihn, so als wolle sie alles Leben behüten, solange sie atmete. Sie schwor, ihn immer über ihrem Herzen zu tragen und niemals abzulegen. Nur mit List und Gewalt könne man ihn ihr entwenden.

König Naransorr und die Herrscher der Monde erhielten ebenfalls eine wertvolle Gabe. Das Licht von Lunar sollte die Elemente zusätzlich schützen. Das ursprüngliche, vom Göttlichen gegebene Feuer, die Erde, das Wasser und der Wind wurde an geheimen Orten aufbewahrt und das Licht von Lunar bildete eine magische, schützende Hülle.

Am letzten Tag der Feierlichkeiten war Salixia auf dem Weg zur Schatulle. Sie sollte Efania nun überreicht werden. Die beiden Feen, die vom künftigen, geheimen Ort wissen durften bestimmte Efania selbst. Damit war eine zusätzliche Sicherheit gegeben. Efania dachte sofort an die Grotte des Lichts. Außer ihr kannten diesen Ort *nur* Ilkarri und Gamarra. Dort hatten sie sich das erste Mal gesehen. Sie wusste, dass die Feen es niemanden verraten würden. Er würde es sein! Und zu diesen beiden Feen hatte sie damals sehr schnell Vertrauen gefasst.

Efania rief sie Alle zum Versammlungsplatz. Dies heute würde die *letzte* Maßnahme zum Schutz allen Lebens sein! Wo blieb nur Salixia mit der Schatulle?

Salixia wachte auf. Was war geschehen? Die Schatulle lag noch dort, wo sie sie versteckt hatte. Es wurde ihr merkwürdig übel und sie verspürte Schmerzen in ihrer Brust. Das war vorher noch nie geschehen! Sollte es die ganze Aufregung der letzten Wochen und Tage gewesen sein? Manche Besprechungen waren hitzig und kosteten auch sie viel Kraft. Letztendlich war es das ganze Leben im Universum wert, alles immer wieder zu durchdenken. Auch die Entscheidung, dass *keine* der Ur-Ahninnen den künftigen, geheimen Aufbewahrungsort der Schatulle kennen würde, war ihr sehr wichtig. Also was war nur los mit Ihr? Es war jedes kleine Detail beachtet worden. Wieder zu Kräften, erhob sie sich, glättete ihr Gewand und stand kurz darauf auf dem Versammlungsplatz neben Efania , Jessaria und Lenara.

Salixia sprach laut: „Ich danke Euch Allen! Für Eure Opfer, für die Hingabe und den Zusammenhalt. Ohne Eure Hilfe und die gegenseitige Unterstützung hätte das Göttliche vielleicht anders entschieden. Niemals wieder sollen solch schreckliche Kriege geschehen. Ich überreiche nun die Schatulle Efania, unserer Königin von Lunar, der Hüterin des Schlüssels. Verneigt Euch vor Ihr! Von nun an herrsche Frieden!"

Jubel brach aus. Barrnon´s Herz klopfte plötzlich schneller.

Efania schaute ihm direkt in die Augen.

„Wartet!" sprach Salixia weiter. Efania sah, dass es ihr merkwürdig schwer fiel. „Der Frieden verlangt einen Preis! Er ist geknüpft an die folgende Bestimmung: Lunar erhält ebenfalls ein Schutzschild! Kein *Mensch* darf jemals wieder diesen Planeten betreten! Und *kein anderes Lebewesen als die hier lebenden Feen und Bewohner* dürfen zu unserem *Lebensbaum!"*

Ein Raunen ging durch die Menge. Und so manche Herzen bluteten. Merlons Herzschlag setzte für einen Moment aus. Alle waren entsetzt und wussten gleichzeitig, dass diese Bestimmung alles bisherige verändern würde. Jessaria musste Salixia stützen. Diese Verkündung musste die Ur-Ahnin bis ins Tiefste selbst getroffen haben. Lana war immer wie eine Tochter für sie. Und als Königin würde sie Naransorr folgen. Barrnon sah all seine Hoffnung schwinden. Efania wurde in diesem Moment unerreichbar für ihn und seine Liebe. Sie würde sich ihrer Verantwortung nicht entziehen. Und er musste zurück nach Thumar. Als Herrscher hatte *auch er* eine große Verantwortung für sein Volk. Der letzte Tag endete in vielen Tränen des Abschiedes. Efania verlor ihre Schwester. Auch sie konnten ihre Gefühle nicht verbergen. „Als erste Ur-Ahnin wurde mir die Pflicht auferlegt, die Geschehnisse auf den Monden und besonders auf Terrar *von hier aus* zu überwachen. Es tut mir so unsagbar leid." ergänzte Salixia und Merlon brach das Herz. Er *war Magier* und könnte zumindest in seiner Kugel Salixia sehen. Er musste dankbar dafür sein, dass er sie nur noch auf Terrar zeitweise in die Arme nehmen konnte.

Mit traurigen Augen machte Efania sich gemeinsam mit Ilkarri und Gamarra auf den Weg zur Grotte des Lichts. Als Salixia ihr die Schatulle überreichte, umgab sie eine merkwürdige Aura, so als ob etwas über ihr schwebte. Es war nur ein kurzer Moment und dann folgte diese schreckliche Verkündung. So manches Mal fragte sie sich, ob sie jemals das Göttliche verstehen würde. Sie war froh, dass sie diesen wertvollen Schatz nun hier auf der Lotosblüte ablegen konnte. Efania verschloss den Ort mit Schutzlicht von Lunar. Ein Stück des Rückweges wurde mit Lichtern von Lunar beleuchtet. Das Boot, mit dem sie gekommen waren, wurde in einer Nische hinter einem Felsen versteckt. Dort stiegen sie in ein kleineres Boot, das Efania schon vorher hierher gebracht hatte und ruderten wieder fast geräuschlos zum Eingang zurück. Am Strand vor der Grotte stiegen sie aus versteckten auch dieses Boot hinter einem Felsen und befestigten es mit einem Seil. Niemand konnte es durch das schützende Licht von Lunar sehen, welches Efania auch *hier* wieder benutzte.

Sie waren weg. Viele, die sie in ihr Herz geschlossen hatte, waren aufgefordert, Lunar verlassen. Es tat furchtbar weh. Aber sie hatte hier in *ihrem Zuhause in Lorrja* ihre beiden Beschützertiere, die niemals ohne Grund von ihrer Seite wichen. Sie spürten instinktiv, dass Efania Trost brauchte. Lisseja und Punkarri, Efania´s verbündete Feen und die Ur-Ahninnen waren alle noch in ihrer Nähe. Ihre Schwester Lana hatte von ihrer Heimat nur noch Albina, ihr Beschützertier an der Seite. Aber mit König Naransorr hatte sie ihre große Liebe gefunden. Sie sah in den letzten Wochen immer wieder, wie glücklich ihre Schwester bei ihm war. Und wenigstens Salixia konnte ihr dann ab und an erzählen, wie es Lana geht. Trotzdem...sie würde ihre Schwester einfach schrecklich vermissen. Und *Barrnon* war auch nicht mehr da...

Punkarri und Lisseja

Bevor die Felsen über Efania herab stürzten, waren ihre letzten Gedanken bei Barrnon. Damals wurden sie durch die Bestimmung für immer getrennt. War *dieser Preis* es wert? Sie hatte ihn nur kurz wiedersehen dürfen. Würde er sie jemals wieder in den Armen halten? Was empfand sie wirklich für ihn? Dann wurde es dunkel...

Gardia schaute noch einmal zurück. Die Bewohner waren in Sicherheit beim Lebensbaum und in guten Händen. Jetzt mussten sie alles versuchen, um Efania zu finden. Die Luft war immer noch stickig, aber inzwischen konnten sie den Weg wieder erkennen. Hoffentlich konnte Efania atmen. Sonst wäre alle Mühe vergebens. Eristin hatte noch schnell eine Flasche mit blauem Gold abgefüllt. Verbunden mit dem Licht von Lunar konnte es Blutungen stoppen und den Körper entspannen. Durch die schwere Explosion waren Felsbrocken teilweise gefährlich locker. Sie mussten sehr vorsichtig sein. So schnell es möglich war, kämpften sie sich weiter vor. Achtsam bei jedem kleinen Geräusch, dass vielleicht nicht *nur* von den Felsen kommen würde, erreichten sie die Treppe. Sie war nicht beschädigt worden und so konnten sie hinunter bis zu der Stelle, wo alles verschüttet worden war.

Plötzlich...Arina zog ihr Schwert..."Leise!" sagte Gardia. Ein

96

Wimmern war zu hören. Die Laute kamen von den Großkatzen! Ein leichtes Scharren war zu hören. „Schnell, die Felsen müssen weg!" Arina klemmte ihr Schwert unter den größten und bewegte ihn ein Stück. Ein weiterer großer Stein konnte entfernt werden und eine weiße Pfote war zu sehen. Beide Katzen waren eingeklemmt, aber sie lebten. Gardia hatte wieder Hoffnung. Punkarri jammerte, als Arina mit Hilfe der Kobolde weitere Steine zur Seite räumte. Lisseja war zuerst frei. Sie kroch aus einem Hohlraum hervor, der sich unter den größten Felsen gebildet hatte. Punkarri war auf der anderen Seite und hatte immer noch eine Vorderpfote eingeklemmt. Nach weiteren gemeinsamen, kraftraubenden Anstrengungen war auch Punkarri frei. Die Pfote war nur gequetscht worden. Kein Bruch! Schnell versorgte Gardia die Großkatze mit ein paar Tropfen des blauen Goldes. Efania *musste* hier irgendwo sein. Sie wussten, dass Punkarri ihr niemals von der Seite wich. Lisseja war sehr unruhig. Sie fauchte und knurrte unaufhörlich in die Richtung des ursprünglichen Weges dahinter. Das war nicht gut! Punkarri wollte unbedingt helfen. Sie kratzte an einem Felsen an der Stelle, wo sie eben noch festgeklemmt war. „Da!" Punkarri zerrte an einem kleinen Stück Stoff unter einem Stein. Arina war jetzt mehr als aufgeregt. „Efania...oh bitte, lass sie noch am Leben sein!" Gardia blieb bei Lisseja und beide achteten auf andere Geräusche hinter den Felsen. Ein Stück weiter arbeiteten sich die Kobolde mit Arina immer weiter vorsichtig vor. Punkarri ging immer wieder leise jammernd zu ihnen und schob die bereits gelockerten Steine mit der gesunden Vorderpfote weg. Ihre Schmerzen schienen nachzulassen. Sie konnte schon besser auftreten und stupste Arina immer wieder an. Sie sollten sich beeilen. Endlich! „Da ist sie! Über ihr ist ein großer Hohlraum. Wir müssen sie raus ziehen, schnell!" flüsterte Arina aufgeregt. Gardia kam sofort. Vorsichtig zogen sie an Efania´s Schulter und versuchten besonders auf ihren Kopf zu achten. Sie blutete. Ein Stein musste sie getroffen haben. Die Feenkönigin war bewusstlos. „Punkarri muss sie beschützt und in diesen Hohlraum gestoßen haben, als die Felsen herabstürzten! Die Luft wurde sicher knapp. Aber Efania atmet noch, wenn auch schwer!" Arina wusste genau, wo sie die Feenkönigin stützen musste, um weitere Verletzungen zu vermeiden. „Wir müssen hier weg. Ihre Katze wird da hinten immer unruhiger.!" sagte Gardia. Lisseja war das reinste Muskelpaket von Großkatze. Anders wie Punkarri würde sie *jeden sofort* angreifen und töten, der Efania zu nahe kam. Sie fauchte immer bei den kleinsten, ihr unbekannten Geräuschen. Auch jetzt war sie mehr als nur angespannt. Etwas dunkles war hinter diesen Felsen und sie witterte es. Hylar war sicher noch dort.

Efania´s Augenlider flatterten. Ihre Hand bewegte sich und Lisseja war sofort bei ihr. „Wir müssen los!" sagte Arina. „Egal wie es um sie steht. Wir können nicht länger hier mit ihr bleiben. Es ist zu gefährlich! Und heilen kann sie *nur* der Lebensbaum. Gardia, gib ihr schnell etwas Elixier. Das wird sie stabil halten! Und gib den beiden Katzen die restlichen Tropfen!"

Nach dem ersten Schluck stöhnte Efania auf. Sie merkte wohl, dass sie Hilfe bekam und öffnete ihre Lippen für das blaue Gold. Gardia und Arina hoben sie auf Lisseja´s Rücken. Punkarri war dicht an ihrer Seite. Gardia gingen an der anderen Seite und die Kobolde achteten darauf, dass Efania nicht rutschte. Die Treppe war das größte Hindernis. Sie kostete wertvolle Zeit. Danach ging es besser und sie kamen schneller voran. Das mussten sie auch! Das Schnauben, dass sie zuvor zwar nur leise hinter den großen Felsen vernommen hatten, kam ganz sicher von Hylar. Das Monster war bestimmt nicht tot! Dafür würde dieser schwarze Panzer schon sorgen. Sie hatten nur diese eine Möglichkeit, den Ausgang zu erreichen. Hierher würde Hylar ihnen nicht so leicht folgen können. Mühsam und langsam bewältigten sie das letzte Stück. Sie konnten den Ausgang sehen. Dort warteten bereits weitere Kobolde und Feen mit einer Trage. Das letzte Stück war geschafft und Efania wurde ganz behutsam darauf gehoben.

Mit Licht und den geheimen Worten öffnete Gardia das Tor. Die Felsen schoben sich auseinander und gaben das Ausgangstor frei, dass kurz danach wieder fest verschlossen wurde. Beim Lebensbaum angelangt, warteten bereits Jessaria und Lenara auf sie. Efania wurde sanft zu den Wurzeln gebettet. Dieses Mal legten sich beide Katzen zu ihr. Lenara hatte Tränen in den Augen und flehte den Baum in Gedanken an. Efania war etwas ganz Besonderes für sie und auch für Jessaria. Die Wurzeln reagierten sofort. Wie eine sanfte Umarmung umschlossen sie die Feenkönigin. Eristin hatte Kräuter gebracht. Ihr Rauch und der Trank davon würde die Heilung beschleunigen. Wie schlimm die Kopfverletzung auch war...sie konnten jetzt alle nur abwarten und hoffen, dass die Heilkraft des Baumes ausreichen würde. Lenara und Jessaria wachten Tag und Nacht bei Efania.

Die Katzen erholten sich sehr schnell. Punkarri ließ ihre Herrin nicht aus den Augen. Lisseja war wieder die achtsame Wächterin und lief immer wieder zurück zum Ausgang und achtete auf alle Geräusche und was sich dort bewegte. Wieder bei Efania leckte sie nervös die Pfoten und beobachtete ihre Herrin genau. Endlich öffnete ihre Herrin ihre Augen. Die

Feenkönigin war erschöpft aber sie würde wieder zu Kräften kommen.

Sie waren alle bei ihr. Und sie konnten jetzt endlich mit der restlichen Energie den Anderen helfen. „Wir müssen ihnen Kraft und Licht senden für die Schlacht bei der Grotte des Lichts!" Efania kniete sich mit Jessaria und Lenara zu seinen Wurzeln.

Sie gaben sich die Hände, berührten den Lebensbaum und bildeten mit allen anderen eine Gemeinschaft. In einem sich immer wiederholenden Mantra beschworen sie zusammen die guten Kräfte, dankten für die Heilung ihrer Königin und schickten ihre Gedanken an alle Kämpfer, die bei der Grotte ihr Leben gegen das Böse verteidigen mussten.

„Magna arbor vitaris. Mitte lucemno, Deus. Mitte vi et animoron. Celleriti...celleriti...celleriti!"

Großer Lebensbaum...sende Licht, oh Göttliches...gib ihnen Kraft und Mut...schnell, schnell, schnell!

100

Hylar´s Fund

Hylar war kaum verletzt. Offene Wunden waren nicht möglich. Dafür war der Panzer der schwarzen Magie zu hart. Er war undurchdringlich für alle Waffen. Doch die Schläge der herab stürzenden Felsen konnte sie *nicht* so einfach wegstecken! Und Schmerzen konnte sie *trotz* aller Magie immer noch spüren. Wie lange war sie wohl bewusstlos? Ein riesiger Stein traf sie direkt am Kopf und brachte ihren massigen, dunklen Körper zum Schwanken. Mehrere darauffolgende, große Felsen brachten sie zu Fall und begruben sie völlig. Sie konnte nicht mehr atmen und schloss die Augen! Nur sehr langsam kam ihr Bewusstsein zurück. Es war so stickig in ihrem Gefängnis. Ihre Lunge war voller Staub.

Dieses Licht! Jetzt konnte Hylar sich wieder an Alles erinnern. Schon wieder diese Königin! Sie wurde böse. Hätte sie die Flamme doch nur einen Moment früher los gelassen...die Feenkönigin wäre jetzt nur noch Asche! Aber diese eine Großkatze hatte sie angefaucht und wollte doch tatsächlich springen! Das hatte sie abgelenkt und *nur deshalb* konnte Efania sie mit dem Licht aufhalten. Ihre Wut entbrannte erneut. Immer noch konnte sie sich nicht befreien. Sie war kraftlos durch diesen schweren Aufprall am Kopf. Dumpfe Töne kamen aus ihrem Schlund. Mehr war nicht möglich. Hätte sie doch endlich mehr Luft zum Atmen! Sie brauchte unbedingt Sauerstoff. *So* würde sie lange nicht zu Kräften kommen.

Da! Was war das? Ein leises Flattern über ihr...Ganz deutlich war es nun zu hören. Dann ein kurzes Rascheln, gefolgt von einem dunklen Stöhnen. Es musste wohl *eine Krähe* sein, die sich wandelte. Sie versuchte gerade, die schweren Felsen zu bewegen. Ohne Erfolg! Als Vogel hatte sie vielleicht bessere Möglichkeiten, zu Hylar zu gelangen. Sie wandelte sich zurück und quetschte sich mal mehr, mal weniger gut durch die dünnen Spalten hindurch. Als sie ein Stück des dunklen Schuppenpanzers sah, gab sie krächzende Laute von sich. Hylar blieb ruhig. Das war ihre einzige Chance, hier herauszukommen. Vielleicht würde die Krähe Brock informieren und es könnten mehr von ihnen kommen. Zwischen zwei großen Steinen nahe Hylar's Kopf zwängte sich tatsächlich diese Krähe durch! Ganz dicht an ihrem Maul mit den riesigen Zähnen kam sie respektvoll etwas näher. Die Krähe hatte etwas dabei. Es war an ihrer Fußangel befestigt! Hylar kannte es. Es war der Amethyst dieses Magiers! Da war sie sich ganz sicher. Dann musste Brock es wohl geschafft haben, Merlon irgendwie zu täuschen und den Edelstein an sich zu reißen!

Die Krähe kam noch ein Stück näher. Bei diesen Reißzähnen brauchte selbst sie Mut. Sie legte den Stein direkt auf Hylar's Zunge. Beide kannten die große Macht des Amethyst. Sie erinnerten sich nur zu gut an die große Schlacht, in der Merlon ihn benutzte. Trotzdem erschraken sie vor dem plötzlichen Geschehen. Der Edelstein wurde bei Hylar dunkel und gab mit einem lauten Geräusch riesige Energien frei! Felsen brachen auseinander und Hylar hatte plötzlich Kräfte, wie nie zuvor!

Mit einem einzigen Ruck brachte sie alles Gestein in Bewegung und endlich war sie frei.

Die Krähe flatterte wild und war zufrieden. Brock würde seine dunkle, *lebende Waffe* wieder fühlen und sehen können, weil sie frei war. Hylar streckte sich und gab ihr lautes Gebrüll von sich. Atmen tat *so* gut! Nur hatte sie *ein* Problem! Ein großes! Brock würde wütend sein. Sehr sogar! Sie hatte die Feenkönigin nicht vernichtet! Was sollte sie jetzt tun? Plötzlich sah sie etwas. Ihre dunklen Augen wurden schmal. In ihnen funkelte und glitzerte es. Was glänzte da nur so? Die Krähe sah es nun auch. Sie krächzte und schlug wieder wild mit ihren Flügeln. Zwei größere Steine lagen über dem glänzenden Etwas. Hylar ging mit ihrer Kralle dazwischen und schob sie mit Leichtigkeit beiseite. Ihre Augen wurden feurig rot. Sie bekamen einen unheimlichen und bösartigen Ausdruck. Sie wurden zu gefährlichen Schlitzen! Hylar erkannte genau in diesem Moment, *was* sie da herausgezogen hatte! Brock wäre nun *doch* stolz auf sie. Selbst, wenn Efania noch leben würde, *dieses* Geschenk würde ihn mehr als nur milde stimmen! Die Feenkönigin musste es verloren haben. Hylar hob die Kette mit einer Kralle hoch und ein befriedigtes Grunzen kam aus ihrem Schlund. Die Krähe flatterte hektisch. Beide kannten diese Kette. An ihrem Ende hing etwas sehr Wertvolles! Es war der Schlüssel zur Schatulle! Ihre Aufgabe war erfüllt! Diese Mal war ihr Gebrüll anders. Es hörte sich an wie ein Siegesschrei, wenn ein wildes Tier seine Beute erlegt hatte!

Die Krähe begleitete Hylar auf dem Rückweg aus der Höhle. Sie kamen ohne Probleme voran. Merlon´s Stein war eine große Hilfe. Die Sprengung der Feenkönigin hatte nur die *eine* Felsendecke zum Einsturz gebracht und keine weiteren

Schäden verursacht. Bald erreichten sie den Eingang. Jetzt würden sie sofort zu Brock eilen. Es könnte dauern, aber mit ihrem Fund würden sie ihm *mehr* helfen, als mit weiteren Leichen auf Lunar! Hier würde die Schlacht auch ohne sie toben. Hylar wusste von der Krähe, dass Brock viele von ihnen geschickt hatte. Sie berichtete ihr von dem Heer, dass sich mit ihr auf den Weg zur Grotte gemacht hatte. *Sie* war die diejenige, die den Auftrag bekommen hatte, Hylar zu suchen.

Sie waren draußen. Endlich! Und was für einen Schatz hatten sie gefunden! Ihr Herr und Meister des Bösen wäre sehr zufrieden! Mit der Schatulle allein konnte er noch nicht zurück in seine Gestalt. Aber jetzt...und das Heer würde die Schatulle sicher bald in seinen Besitz bringen. So vielen Krähen konnten die wenigen Menschen und Bewohner nicht lange Stand halten! Der Sieg wäre bald auf der dunklen Seite. Hylar und ihre Begleiterin machten sich auf den Weg. Noch flogen sie nicht hoch. Vielleicht konnten sie von der Schlacht noch etwas sehen und auch davon berichten.

Die Schlacht auf Lunar

Naransorr, Ilkarri und Gamarra mussten sich beeilen. Die Umgebung der Grotte war kein guter Platz für den bevorstehenden Kampf. Oben auf dem weiten Feld waren Ihre Chancen allerdings noch schlechter. Dort würden die vielen Krähen ihre kleinere Streitkraft schier überrennen.

Wieder am Eingang angekommen, stiegen die Feen und der König schnell aus dem Boot. Sie befestigten es an der gleichen Stelle wie vorher und suchten Barrnon auf. Naransorr berichtete in wenigen Worten alles über die Schatulle. Morrja und Xenara würden sie mit ihrem Leben verteidigen. Das wusste Barrnon. Er wünschte sich sehr, dass sie irgendwie *Alle* gemeinsam aus diesen furchtbaren Geschehnissen heil herauskämen. Aber tief im Inneren kannte Barrnon sehr gut ihre düsteren Aussichten. Sie brauchten fast ein Wunder um zu überleben. Sie verteilten ihre besten Bogenschützen überall in den Felsen am Hang. Hier konnten sie die meisten der Wandler treffen und töten. Die zweibeinigen Monster *mussten* die Felsen herunter kommen. Als Wandler hatten sie keine andere Möglichkeit auf ihre Erzfeinde zu treffen. Sie brauchten Boden unter den Füßen. In der Luft war eine Wandlung nicht möglich.

So gut sie konnten nutzten Barrnon und Naransorr diese

Tatsache zu ihrem Vorteil. Die Krieger, Feen und Bewohner verteilten sich zu allen Seiten am Strand. Hier mussten sie durchhalten, denn im Rücken hatten sie nur das offene Meer und keinerlei Fluchtmöglichkeiten. Auf Hilfe vom Wasser her konnten sie heute nicht zählen. Er war sonst niemand auf Lunar, der ihnen noch hätte helfen können! König Naransorr stieg auf sein Pferd und versuchte, jeden Einzelnen seiner Krieger noch einmal zu bestärken. Er ritt vor beide Flanken und vor die Felsen. „Ihr Menschen, Ihr Feen, Alle Kämpfer...*Jahrzehnte ist es nun her*, dass wir gemeinsam Seite an Seite gekämpft hatten. Wir *besiegten* das Böse zusammen! Auch damals erschien es unmöglich. Aber wir waren *ein* geschlossener Gegner, der sich dem Dunklen entgegenstellte! Lasst uns auch heute *diese* Stärke und *diesen* Zusammenhalt zeigen! Kämpft Rücken an Rücken! Kämpft um Euer Leben und unser Aller Zukunft!"

„Stärke...Zusammenhalt!" riefen alle im Chor!

Sie hörten sie kommen. Danach waren es sehr viele. Laut und stampfend kam das Böse, um sie Alle zu vernichten. Sie bauten sich oben über den Felsen auf. Wandler! Einige von ihnen waren riesig. Brock hatte eine *neue* Art von Krähen erschaffen. Sie bildeten die Spitze und waren furchteinflößende, dunkle Giganten. Die anderen an beiden Seiten schrien und krächzten vor Gier auf frisches Blut. Bewaffnet bis unter die Zähne verbreitete ihr Anblick blankes Entsetzen und schier endlose Furcht! Der größte dieser Giganten hob seinen Arm und rief etwas, dass sie nicht verstehen konnten. Er grinste hämisch dabei. Plötzlich flog eine dunkle Wolke mit hunderten von weiteren Krähen über die Grotte hinweg. *Sie* würden von der Meerseite her angreifen. Als Vögel konnten sie sich über ihnen einfach fallen lassen. Genug von ihnen würden überleben um als Wandler anschließend viele ihrer Feinde am Strand zu töten. Dieser riesigen Anzahl konnten der König und alle Kämpfer nur unterlegen sein. Es gab kein Zurück mehr. Hier und jetzt waren sie umzingelt von bösen Mächten und sie konnten nur noch versuchen, den Sieg des Dunklen so lange wie möglich hinaus zu zögern. Morrja und Xenara brauchten einen großen Vorsprung. Nur so würden sie rechtzeitig und heimlich mit der Schatulle fliehen können. Vorausgesetzt, die Krähen hatten sie aus der Luft nicht schon gesehen.

Naransorr und Barrnon hoben ihre Schwerter. Der riesige Wandler tat es ihnen gleich. Stumme Augenblicke der Angst verstrichen wie eine Ewigkeit. Als der Gigant mit einem hässlichen Grinsen das Schwert senkte, stürmten die Wandler die Felsen hinunter und der Schwarm von Krähen kam in einem Bogen über dem Meer und verdunkelte den Himmel über ihnen. Die Schlacht begann. Die Bogenschützen versuchten, so viele wie möglich zu treffen. Die großen Wandler stemmten Felsen und Steine hoch und warfen sie hinunter. Einige Schützen wurden getroffen oder in den Tod gerissen. Andere Wandler warfen Kugelketten oder ihre Messer. Menschen, Feen und Bewohner kämpften mit ihrer ganzen Kraft gegen diese dunkle Übermacht. Es schien, als ob es immer mehr würden. Die Krähenwolke über ihnen kam wie eine Speerspitze am Strand herunter. Wie sollten sie das überleben?

So traf Gut und Böse aufeinander. Es war ein ungleicher, wilder Kampf auf Leben und Tod.

Die Schwerter des blauen Goldes

Die große Schlacht wurde damals nur gewonnen durch die Ablenkung Brock. Gemeinsam waren Hylar und Drakarr starke Gegner! Ohne deren vernichtendes Feuer wären sie verloren gewesen. Aber der Preis damals war einfach zu hoch. So viele zerstörte Leben...Terus, Hylar und all die vielen Gefallenen des Heeres. Warum nur? Brock hatte in der letzten Sekunde noch seine Rache an Drakarr lachend genossen. Barrnon's Gedanken waren lange danach noch voller Sorge für sein Beschützertier und dessen Sohn Darrcon. Für den jungen Drachen war es wohl das Schlimmste, seine Mutter zu verlieren. Wann würde Drakarr ihm wohl die *ganze* Wahrheit sagen? Irgendwie hatten sie es zusammen geschafft, wenn auch als kleine, vielleicht etwas andere Familie, ihre Traurigkeit nach langer Zeit zu bekämpfen und wieder Lebensfreude zu spüren.

Nach diesen furchtbar grausamen Kämpfen hatten Naransorr, der junge König von Terrar gemeinsam mit Salixia und Merlon beschlossen, eine neue, bessere Waffe zu schmieden. Sie würde künftig allem Bösen nicht nur standhalten, sie würde es bei der ersten Berührung zu Staub zerfallen lassen! Nach dem Fall von Brock und seiner anschließenden Verbannung hatte das Böse *keinerlei* Macht mehr. So konnte auch Salixia sich nicht an ihren Mord an Terus erinnern. Das Gift in ihr konnte ihre

Gedanken und Taten nicht mehr steuern. Sie war wieder die Ur-Ahnin, die sie immer schon vorher gewesen war. Ganz auf der Seite des Guten! Salixia offenbarte allein aus diesem Grund das Geheimnis des blauen Goldes. Geschmiedet aus dem Felsgestein von Lunar sollten die Schwerter mit dem blauen Gold übergossen werden. Dieses kostbare, reinste Wasser nährte von Beginn an den Lebensbaum. Über die Wurzeln gelang es bis in die feinsten Spitzen der Zweige. Dort bildeten sich viele kleine, mächtige Kristalle des Lichts. Am gewaltigen Stamm des Baumes öffneten sich immer wieder neue, magentafarbene, große Blüten. Im Inneren dieser Blüten entstanden leuchtend blaue Samen, deren Elixier *schwerste* Wunden heilen konnte. In *Pulverform mit dem Gestein zusammen erhitzt* besaßen sie jedoch die Macht, die Schwerter in die tödlichste Waffe im Universum zu verwandeln! Wer *sie* in Händen hielt, besiegte all seine Feinde! Salixia war sich bewusst, dass *dieses* Geheimnis preiszugeben ein großes Risiko war. Aber die Schlacht hatte mehr als bewiesen, dass es in all dieser Zeit nur *einen* Menschen gab, der dem Bösen *vollkommen* verfallen war. Sie fühlte tief in ihrem Herzen, dass dieses wertvolle Wissen weder vom König, noch von Merlon oder irgendeinem anderen Menschen missbraucht würde.

Merlon war einverstanden, obwohl er wusste, dass er Salixia dadurch lange Zeit nicht mehr sehen würde. Das Gestein nach Terrar zu bringen würde viel Arbeit und Zeit in Anspruch nehmen. Außerdem musste sie immer wieder zurück zum Lebensbaum, um diese Samen mitzubringen. Salixia verabschiedete sich mit einem langen Kuss von Merlon. Sie wusste, wie schwer diese Trennung für ihn war. Aber niemand außer ihr selbst konnte nach Lunar zurück. Efania und die beiden anderen Ur-Ahninnen freuten sich sehr, Salixia nach vielen Tagen wieder in ihre Arme schließen zu können.

Es wurde keine Zeit verschwendet. Feen und Kobolde machten sich an die Arbeit. Gestein wurde in riesigen Mengen abgebaut. Salixia brachte es persönlich zusammen mit den Samen des Lebensbaumes in Transportkugeln zu den Monden und Terrar. Die Menschen bearbeiteten es und gossen daraus die Klingen der Schwerter. Drakarr hatte in diesen Wochen viel zu tun. Er härtete mit seinem Drachenfeuer abwechselnd auf Terrar und den Monden die fertigen Klingen. Das Übergießen mit blauen Gold kühlte sie ab und verlieh dem glänzenden Stahl seine bedeutsame Macht. Von Beginn an gab es unter den Menschen die besten Schmiede. Nach langer Zeit mit anstrengender Arbeit hatten sie auf den Monden und Terrar ihr Ziel erreicht und genügend Waffen geschmiedet, auch für Lunar. Die Schwerter wurden in den verschiedensten Größen hergestellt. Königsschwert und Herrscherschwerter wurden mit ganz besonderen Verzierungen versehen. Unterhalb des Griffs waren die Zeichen der Elemente eingebrannt, die für ihre Heimat standen. Nur Efania´s Schwert trug alle vier Zeichen! Weiter unten standen jeweils die Namen der Heimatplaneten oder der Monde. In *die Spitzen* aller Waffen wurde nur ein einziges Wort eingraviert: *Sieg!* Niemals wieder wären sie so machtlos wie damals. Niemals wieder würden sie so viele Leben opfern! Niemals wieder würde das Böse soviel Macht erlangen über das Gute!

Zu gleichen Teilen wurden die fertigen Waffen nun aufgeteilt. König und Königin, Herrscher und auch Efania sollten sie an geheimen Orten aufbewahren. Salixia überreichte selbst alle gravierten Schwerter. Sie ließ es sich nicht nehmen, Barrnon auf Thumar noch einmal zu sehen und ihm zu sagen, dass sie diese Bestimmung damals selbst nicht verstehen konnte. Jetzt waren jedoch andere Voraussetzungen gegeben. Vielleicht würde das Göttliche irgendwann einlenken. Barrnon war dankbar dafür, wagte es dennoch nicht, zu hoffen. Zu sehr würde es schmerzen, wenn er *vergeblich* darauf wartete. *'Salixia würde alles dafür tun,'* sagte sie zu ihm...dachte er trotzdem noch Tage danach.

Die Ur-Ahnin war immer noch im Glauben, dass ihre Eingebung damals vom Göttlichen gekommen war. Auch *das* war ein Teil von Brock's Rache. Er hatte *so* für eine Hintertür gesorgt, wenn sie auch noch so winzig war.

Lana

Seit sie mit Naransorr gemeinsam Lunar verlassen hatte, schlugen gefühlt *zwei* Herzen in ihrer Brust. Das eine war voller Liebe für ihren König. Das andere voller Trauer und Schmerz. Sie liebte ihre Schwester Efania und auch ihre Heimat vermisste sie so sehr. Lana versuchte immer wieder nicht zu oft daran zu denken. Sie hätte Salixia darum bitten können. Aber in dieser ganzen Zeit wagte es Niemand, etwas an der Bedingung in Frage zu stellen oder gar anzuzweifeln. Sie war zwar eine Fee, aber *auch für sie* hätte man das Schutzschild für Ihren Wunsch öffnen müssen. Niemand sollte eine Ausnahme sein. Dieses Risiko durfte auch eine Fee nicht eingehen! Einen *kleinen* Trost hatte sie...Salixia war regelmäßig bei Merlon und erzählte ihr dann von Efania und Lunar. Aber auch Salixia hatte Lana jetzt durch das Schmieden der Waffen lange nicht mehr gesehen.

Nun war sie nach langer Zeit wieder überglücklich! Ihr wunderschöner Prinzensohn war so besonders. Er hatte die Augen seines Vaters, in die sich Lana damals sofort verliebte. Doch die Gesichtszüge des kleinen Jungen erinnerten sie jeden Tag an ihre Schwester Efania. Es war ein Wunder! Und jetzt, wenige Tage nach seiner Geburt, musste sie ihren Sohn verlassen. Sie fühlte sich voller Sorgen und Angst. Als

Königin musste sie mit zu *dieser Versammlung.* Sie war dankbar für die Kräuter von Lunar. Sie schenkten ihr die nötige Kraft.

Ihren Sohn, Terus der Zweite, wusste sie in guten Händen. Naransorr hatte sie alle gemeinsam in die Katakomben gebracht, von denen Lana selbst bis zu diesem Tag keine Ahnung hatte. Die Amme würde sich liebevoll um den Prinzen kümmern. Es war für alles gesorgt!

Auf Lunar überschlugen sich gerade die Dinge. Bei der Grotte angekommen, wusste sie sofort, dass Naransorr *nur ihr* diese Aufgabe geben konnte. Er würde sie heute hier nicht kämpfen lassen! *Und* sie kannte den kürzesten Weg zum Lebensbaum. Ilkarri und Gamarra waren die besseren Kriegerinnen! Lana kam deshalb als Einzige für diese Aufgabe in Frage. Für einen kurzen Moment hielten sich König und Königin mit ihren Augen fest und hofften, dass dieser Augenblick nicht ihr *letzter gemeinsamer* war.

Lana durfte es nicht riskieren , dass die Wunden der Geburt sich wieder öffneten. Aber Albina *fühlte* ihre Sorgen. Sie flog fast über den Boden und ritt trotzdem schnell wie der Wind mit Lana in Richtung Höhle. Lana wusste nicht, ob der Gang noch passierbar war. Als sie die Explosion hörten, wollte sie nicht sagen, was in diesem Moment in ihrem Kopf vorgegangen war. Sie machte sich große Sorgen um Efania und alle Anderen. Es *konnte* nur so sein, dass der Hebel betätigt worden war! Der einzige Schutz, den Lana bei sich hatte, war ihr Feenamulett. Es würde ihr helfen, den Weg zu erleuchten. Pures, blaues Pulver aus einer Blüte des Lebensbaumes war in einem der Kristalle. Lana hatte furchtbare Angst. Was, wenn

Hylar auf sie warten würde? Oder Krähen? Sie durfte jetzt nicht nervös werden! ´Konzentriere Dich auf den Weg´...sagte sie zu sich selbst. Albina wieherte in diesem Moment, als ob sie die Gedanken ihrer Fee lesen könnte. Sie waren da. Der Eingang war aufgebrochen. Das *konnte* nur Hylar gewesen sein! *Kein anderes Lebewesen* hatte genug Kraft, diese Tür *ohne* die magischen Worte aufzubrechen. Leise und vorsichtig stieg sie ab und näherte sich dem Eingang. *Nichts* war zu hören. Kein einziges Geräusch. „Albina, versteck Dich! Ich bin so schnell es geht, wieder da!" Die Stute verstand und lief zu hohen Büschen und Felsen, nicht weit entfernt. Dort würde man sie nicht finden. Aber gleichzeitig war sie nahe genug, um Lana´s Rufe zu hören, wenn sie wieder zurück wäre.

Langsam und mit höchster Anspannung fand Lana die Stelle, an der Hylar mit Sicherheit gelegen hatte. Krallen-spuren und Abdrücke einer Krähe machten sie unruhig. Aber es schien, dass sie sich befreien konnte und beide fort waren. Nur im Staub konnte man ihre Spuren noch erkennen. Lana entspannte sich langsam. Sie ging durch die freigelegten Felsen hindurch und stand plötzlich vor einer Wand aus Geröll und großen Steinen. Ein leichter Luftzug war dazwischen zu spüren. Die Kräuter gaben ihr immer wieder neue Kraft und das Amulett würde ihr jetzt den Weg zeigen. Sie hielt es in die Richtung, aus der sie den Luftzug vernommen hatte. Ein heller, blauer Strahl entstand und sie lenkte ihn genau in die Mitte. Die Steine bewegten sich immer mehr und sie konnte bald durch eine schmale Öffnung hindurch. Geschafft! Die Treppe war unversehrt. Lana schöpfte Hoffnung. Auch hier waren viele Spuren. Aber sie waren alle verwischt. Vielleicht waren die Fliehenden alle noch am Leben! Es *musste* einfach so sein! Weiter und weiter lief sie so schnell sie konnte. Völlig außer

Atem erreichte sie den Ausgang der Höhle.

Efania spürte es. Ihre Schwester! Sie war hier! Das konnte keine Illusion sein. „Eristin, irgendetwas ist geschehen! Ich fühle Lana ganz in der Nähe!" „Du bist noch schwach!" sprach Eristin zu Efania. „Ich laufe schnell zum Berg. Wenn sie tatsächlich dort sein sollte, komme ich mit ihr zurück!" Kurz bevor Eristin den Berg erreicht hatte, öffnete Lana den Ausgang zum Lebensbaum mit ihrem Amulett und den magischen Worten. „Oh, Eristin!" Sie fielen sich in die Arme. „Was ist geschehen?" fragte Eristin. „Schnell" sagte Lana. „Ich brauche Eure Hilfe! Ihr müsst mir Flaschen abfüllen mit dem Licht von Lunar, gemischt mit den Samen des Baumes. Es sind zu viele vom Feind gekommen. Und gebt mir Kräuter mit, mit dem Elixier von der stärksten Wurzel des Lebensbaumes!"

Efania hörte sie kommen. Sie fühlte es schon als junge Fee, wenn ihre Schwester in der Nähe war. Und sie spürte Lana´s Angst. Efania war noch schwach aber sehr glücklich, dass ihre Schwester hier bei ihr war. „Lana, ich bin so froh...geht es Dir gut?" „Mach Dir um mich keine Sorgen. Ich hatte die richtige Medizin. Aber Du! Du bist schwer verletzt!" Efania stöhnte kurz auf. „Ich werde wieder vollständig gesund. Du weißt, welche Kräfte für uns da sind." Jessaria und Lenara hörten die Unruhe und waren gekommen. Lana erzählte ihnen von dem großen Heer, dass auf dem Weg zur Grotte war. Sie konnten viele dunkle Wolken in der Ferne beobachten, aber sie waren noch zu weit weg, um Genaues zu erkennen. Die Feinde waren mit großer Wahrscheinlichkeit in der Überzahl. „Schnell!" Lenara verlor keine Zeit. Sie hatte bereits drei Flaschen mit dem wertvollen Inhalt mitgebracht. Zusammen mit Eristin füllten sie zwei weitere mit einem heilenden Elixier aus

Kräutern und blauem Gold. „Hier nimm!" sagte Jessaria zu Lana und drückte ihr einen *blauen* Kristall in die Hand. Du wirst das vielleicht noch brauchen! Vertraue ganz seiner Kraft, wenn Du ihn benutzt. Sie dankten gemeinsam dem Lebensbaum für seine wertvollen Gaben. „Lisseja wird Dich begleiten!" sagte Efania und drückte noch einmal kurz Lana's Hand. „Sie wird Dich auf dem Rückweg zur Grotte beschützen und Du wirst bald Deinen wunderbaren Sohn wiedersehen. Glaube fest daran!"

Lana hatte den Beutel aus kobaltblauem Samt mit dem wichtigen Inhalt fest an das goldene Band an ihrer Taille gebunden. Ihr Amulett reagierte darauf und leuchtete auf dem Rückweg noch heller. Selbst, wenn das Böse hier auf sie treffen würde, wäre sie jetzt gewappnet! Mit Lisseja hatte sie eine weitere Waffe. Ihre Instinkte waren extrem feinfühlig und höchst empfindlich, wie bei keiner anderen ihrer Art. Sie würde auch *Lana's* Leben mit aller Kraft verteidigen! Gemeinsam kamen sie schneller voran. Sie wussten beide, wo die *gefährlichen* Stellen waren. Als sie den Ort erreichten, wo Hylar begraben war, fauchte und knurrte Lisseja gefährlich. Sie witterte immer noch das Böse und ihre Nackenhaare sträubten sich. Sie wirkte jetzt noch größer und bedrohlicher. Lana beruhigte Lisseja. Das letzte Stück gingen sie mit äußerster Vorsicht. Doch sie mussten sich beeilen. Sonst wäre vielleicht alles zu spät! Sie *wollte* an eine Zukunft glauben. Mit ihrem Sohn, mit ihrem König! Und sie würde ihre Liebe und alle sonst, die kämpften, nicht im Stich lassen! Albina hörte ihr Rufen und war sofort zur Stelle. Sie kannte Lisseja vom ersten Tag ihres Lebens und wusste, dass sie auf einer Seite waren. Ausgeruht würde sie mit der Raubkatze mithalten können. Lana stieg auf und ritt wie der Wind zur Grotte des Lichts zurück.

Die Schlacht war fast verloren! Lana spürte es von Weitem in ihrem Inneren. Als sie soviel Dunkelheit sehen konnte, krampfte sich ihr Herz zusammen. „Schneller Albina! Wir müssen ihnen helfen!" Der dunkle Gigant sah sie kommen. Er spannte seinen Bogen und zielte. Lana hörte die Schreie der Menschen und Feen. Sie waren voller Schmerzen, Angst und Verzweiflung. Mit einer Hand nahm sie den blauen Kristall aus dem Beutel, als plötzlich ein Pfeil *direkt vor Albina* wie an einer unsichtbaren Wand abprallte. Der Gigant brüllte wütend auf und lief ihr entgegen. Er wollte Lana töten! Lisseja fauchte wild und war fast bei den ersten Krähen angekommen. Albina versuchte, langsamer zu werden. So konnte Lana die erste Flasche nehmen und gezielt werfen. Sie traf den Giganten mitten im Lauf. Entsetzt riss er die Augen auf und zerfiel zu Staub! Lana atmete auf und ritt näher heran an das Geschehen. Naransorr sah sie als erster oben an den Felsen. Er hörte ihre lauten Worte: „Das Licht ist stärker als das Böse! Immer! Ich verbanne Euch auf Ewig!" Sie schleuderte die zweite Flasche in die Menge hinunter. Der blaue Kristall hüllte Lana und Albina ein. Sämtliche Waffen, die Krähen in ihre Richtung schleuderten, konnten ihnen nichts anhaben. Sie verfehlten ihr Ziel. Dort, wo sie die zweite Flasche hingeworfen hatte, zerfielen weitere Krähen binnen Sekunden zu Staub. Der größte und dunkelste Wandler sah es und spannte seinen Bogen. Lisseja sprang seitwärts auf ihn zu aber dieses Mal würde der Pfeil sein Ziel erreichen. Die dritte Flasche von Lana fiel die Felsen hinab und im letzten Moment löste sich der Pfeil. *Sein* Ziel war der König! Lisseja kam zu spät. Brock lenkte aus der Ferne *auch* die Gedanken des größten Wandlers. Das Ende des Königs sollte sich wiederholen! „Nein!" Barrnon schrie und stürzte sich vor Naransorr. Der König riss die Augen auf. Aber er war es *nicht*, der getroffen zu Boden ging. Barrnon *war es*, der vor ihm in die Knie ging.

Das ganze dunkle Heer war zu Staub zerfallen. Die noch lebenden Menschen und Feen brachen kraftlos zusammen. Auch wenn die Schlacht vorbei war...dieser Preis war zu hoch! Niemand konnte Freude empfinden. Viele gute Krieger lagen leblos am Strand oder in den Felsen. Und Barrnon war schwer verletzt. Lana erreichte den Strand, kniete sich vor Naransorr, der Barrnon in seinen Armen hielt. „Lana, schnell. Bitte, Du musst ihm helfen! Er hat mein Leben gerettet! Sag mir, dass Du auch *ihn* retten kannst!" Barrnon hatte bereits die Augen geschlossen. Lana zog den giftigen Pfeil aus der blutenden Wunde heraus und nahm den blauen Kristall ein zweites Mal aus ihrem Beutel. Als sie ihn in die Wunde drückte, stöhnte Barrnon auf und verlor wieder das Bewusstsein. „ Es ist kaum noch Leben in ihm." sagte Lana. Ich muss ihn zu Efania und dem Lebensbaum bringen. Sie konnte alle Bewohner lebend dorthin bringen, aber sie selbst wurde dabei schwer verletzt. Nur durch die Kräfte des Baumes wird sie wieder ganz gesund." Trotz dieser guten Nachricht konnte der König keine Erleichterung empfinden. Zu sehr schmerzte ihn, was gerade passiert war. Und er gab sich die Schuld daran. Lana spürte seine Gedanken. „Ich werde ihn mitnehmen bis an den Eingang. Die Ur-Ahninnen werden uns vielleicht verstehen. Wir können ihn nicht sterben lassen!"

Drakarr war verzweifelt. Er hatte so viele Krähen in der Schlacht verbrennen können. *Genau wie damals* war sein Feuer vernichtend. Aber es wurden einfach immer mehr. Sie krochen aus jedem Winkel hervor und er versuchte so gut es ging, den kommenden Schwarm aufzuhalten. Es war sehr schwierig, denn er musste hoch genug fliegen, um nicht selbst verletzt oder getötet zu werden. Er konnte die Absicht dieses großen Ungeheuers nicht schnell genug erkennen. Wie konnte dieser Gigant das im letzten Moment noch schaffen?. Es erinnerte ihn wieder an Brock und Hylar. Es nützte nichts. Sich Vorwürfe zu machen, würde seinem Menschenfreund in dieser Situation ganz sicher nicht helfen. Das Einzige, was er für Barrnon tun konnte war an seiner Seite zu sein bis zu diesem geheimen Eingang. Er würde die kleine Gruppe begleiten, tief über ihnen fliegen und die Umgebung im Auge behalten. Drakarr verachtete das Böse! Aber jetzt und hier wollte er an das Gute denken! Er wusste genau, dass die Feenkönigin Barrnon seit damals im Herzen trug! *Sie* würde ihn *nicht* sterben lassen. Das gab ihm ein wenig Hoffnung. Er durfte nicht auch noch Barrnon verlieren!

Viele Hände trugen den Herrscher von Thumar so behutsam es ging vom Strand über die Felsen nach oben. Lana schwang sich gekonnt hoch auf Albina´s Rücken. Sie stärkte sich selbst noch einmal mit ihren Kräutern. Anschließend hoben sie Barrnon mit vereinten Kräften hoch zu ihr. Durch den blauen Kristall würde er keinerlei Unebenheiten spüren. Das war gut! So konnten sie sich beeilen! Alle hofften auf ein Wunder. Und dieses Wunder lag allein in den Händen der Ur-Ahninnen!

Barrnon und Efania

Am Eingang der Höhle angekommen, ließ Drakarr sich nieder. Mit Lisseja zusammen würde er die gesamte Gegend beobachten. Lana dachte nicht, dass sie heute ein zweites Mal hier sein würde. Und dieses Mal war der Grund fast noch schrecklicher. *Falls* die Ur-Ahninnen sie gemeinsam herein lassen würden, wäre das wichtigste Versprechen der Bestimmung gebrochen. Aber darüber konnten sie jetzt nicht nachdenken. Sie vertraute auf ihr inniges Verhältnis zu Salixia. Lana hatte ein wenig Hoffnung und wollte nicht an ein 'nein' denken. Barrnon hing mit seinem Kopf über der Mähne von Albina und gab keinerlei Lebenszeichen mehr von sich. Ganz vorsichtig stieg sie hinunter und Albina kniete sich mit den Vorderläufen langsam auf den Boden. Lana versuchte ihn so sanft wie möglich auf die Erde zu legen. Sie musste zuerst *alleine* zum Lebensbaum. Alles andere wäre keine gute Idee! Sie träufelte Barrnon die letzten Tropfen des blauen Goldes auf die Lippen und machte sich auf in die Höhle. Dieses Mal kannte sie genau die gefährlichen Stellen noch besser. Sie würde wesentlich schneller sein als noch vor ein paar Stunden.

Efania ging es schon viel besser. Nachdem Lana fort war, hatte der tiefe Schlaf ihrem Körper gut getan. Sie kam wieder zu Kräften. Aber irgendetwas machte ihr trotzdem große Sorgen.

Ein plötzlicher Stich in ihrer Brust verursachte ihr Schmerzen. Es war kein Traum. Es war auch nicht ihre alte Narbe. Angst stieg in ihr auf. Sie dachte an Lana. Bitte nicht sie...inständig hoffte Efania, dass ihre Schwester rechtzeitig die Grotte erreicht hatte. Das Gefühl wurde immer stärker. Efania hörte ihren Namen. Das *war* Lana! Und sie lebte! Ihre Schwester rief nach ihr und kam Efania in höchster Eile entgegen.

„Efania...schnell! Die Schlacht wurde gewonnen, aber Barrnon!" Efania´s Herz blieb einen Moment stehen. „Was ist mit ihm? Sprich endlich!" „Ein Pfeil mit Gift traf ihn in letzter Sekunde. Direkt neben dem Herzen. Er wollte das Leben von Naransorr schützen und sprang direkt vor ihn." Tränen standen in Lana´s Augen. „Bitte Efania, für unser Aller Seelenheil...die Ur-Ahninnen *müssen* die Bestimmung aufheben. Für ihn!"

Eristin war in der Nähe und hörte sie. „Bitte lauf zu den Ur-Ahninnen. Sie müssen kommen. Schnell..." flehte Efania. Kurz darauf kam Eristin mit Lenara und Jessaria zurück. Beide Ur-Ahninnen waren unsicher und hegten Zweifel. „ Wir können das nicht ohne Salixia tun! Wir dürfen diese Entscheidung nicht alleine treffen und das Göttliche damit erzürnen. Seit Tagen können wir sie nicht erreichen! Ohne *ihr* Einverständnis können wir diese Ausnahme nicht zulassen." sprach Lenara traurig.

„Doch!" Efania merkte nicht, dass sie aus tiefster Verzweiflung schrie. Sie zitterte am ganzen Körper. „Wir *dürfen* ihn nicht sterben lassen! *Das hier* sind wir ihm schuldig! Er hat niemals den Vertrag gebrochen und würde es sogar jetzt nicht tun! Er hat heute das zweite Mal *auch für uns und diesen Ort* gekämpft! Bitte...Jessaria, tut doch etwas, bevor es zu spät ist!"

Jessaria und Lenara schauten sich an und nickten. „Gut! Lana, bringt ihn her. Wir werden es Salixia erklären. *Wenn* wir eine Strafe erhalten, werden wir sie hinnehmen!" Jessaria war fest in ihrer Entscheidung und Lenara stand dahinter. Efania konnte nun ihre Tränen nicht mehr zurückhalten und Eristin nahm sie fest in die Arme. „Wir wissen, wie sehr Ihr Euch liebt. Es wird alles gut gehen." sagte sie, selbst hoffend auf ein Wunder.

Lana war nach dem letzten Wort von Jessaria schon auf dem Rückweg. Kobolde mit einer Trage wurden ihr sofort hinterher geschickt. Eine Schar von kleineren Feen würde beim Tragen helfen und sie zusätzlich mit Seilen im Gleichgewicht halten. Die kräftigeren Kobolde würden Steine und Felsen, die immer noch im Weg lagen, schnell zur Seite räumen. So könnten sie Barrnon so behutsam wie möglich transportieren. Vor dem Eingang angekommen, sah Lana die Kobolde mit der Trage bereits hinter sich und war dankbar für ihre Hilfe. Sie waren völlig außer Atem. Ihre kürzeren Beine mussten wesentlich mehr Arbeit leisten, um so schnell zu sein. Aber sie waren die treuesten Begleiter und immer zur Stelle, wenn ihre Kraft von Nöten war. Draußen wachten Lisseja und Drakarr bei Barrnon. Die Kobolde hoben ihn nun gemeinsam ganz vorsichtig auf die Trage. Die kleineren Feen waren an beiden Seiten der Trage und befestigten mit flinken Händen die Seile. Der Kristall wirkte noch immer. Barrnon war bewusstlos, atmete aber inzwischen etwas ruhiger. Lana befahl Lisseja und Drakarr sich auf den Weg zurück zu Naransorr zu machen. Er war bei der Grotte geblieben und wartete auf ihre Nachricht. Er versorgte mit den anderen Überlebenden gemeinsam die Verletzten und kümmerte sich mit ihnen danach um die Toten.

Drakarr und Lisseja konnten hier nichts mehr tun. Also machten sie sich, wie geheißen, auf den Weg. Beide waren angespannt. Aber ihrer Wachsamkeit würde keine einzige Krähe entgehen.

Auf dem Weg zurück in die Höhle waren die Treppenstufen vor ihnen das Schwierigste. Nach einem kurzen Stolperschritt eines Kobolds, der sofort erschrocken Blick und seine Ohren senkte, stöhnte Barrnon auf. Aber das war ein gutes Zeichen. Sie mussten jetzt nur schnell sein! Endlich erreichten sie den Ausgang und bald danach waren sie bei Efania und dem Lebensbaum. Als die Feenkönigin Barrnon sah, zitterte sie noch mehr. Ihre Beine drohten zu versagen, und Jessaria musste sie stützen. Eristin war bereits vorbereitet und hatte alle notwendigen Kräuter geholt, die bei dieser Verletzung die beste Wirkung haben würden. Sie legten Barrnon sachte zu den Wurzeln. Efania kniete sich neben ihn. Die Reaktion des Baumes war verblüffend. Als ob er es bejahte, begann er hell zu leuchten bis an jedes einzelne Ende der feinen Zweige. Die Ur-Ahninnen gaben Barrnon weitere Tropfen aus dem Elixier des blauen Goldes. Dieses Mal mit der Kräutermischung von Eristin. Danach reinigten sie Barrnon´s Wunde vorsichtig. „Du hast ihm das Leben gerettet!" sagten sie zu Lana. „Ohne den Kristall wäre das Gift bereits in seinem Herzen angelangt. Wir können noch hoffen!"

Efania´s Gedanken drehten sich. Barrnon war hier! Und Lana hatte ihn hierher gebracht. Ihr ganzer Körper bebte vor Angst und nach *diesen* Worten vor Erleichterung. Lana gab ihr Kraft. Früher schon. Und jetzt würde sie *solange* bei Barrnon bleiben, bis er die Augen öffnete. Und auch Lana konnte sich endlich etwas erholen.

Die Bewohner kamen nach und nach dazu. Genau wie bei ihrer Feenkönigin reichten sie einander die Hände und begannen, leise, ihr Lied zu summen. Es würde viele gute Energien freisetzen und Kraft für Barrnon spenden. Sie dankten auch dieses Mal dem Baum für seine Gaben. Es war Barrnon's einzige Chance, wieder von *der* Schwelle zurück zu kehren, an der er noch vor einem kurzen Moment gestanden hatte.

Die List

Hinter einem Felsvorsprung sahen ein paar Krähen, was passierte. Diese Fee mit ihrem Licht vernichtete sie alle. Die erste Flasche zerstörte auf einen Schlag den größten Wandler. Viele folgten ihm und zerfielen bei der nächsten Flasche zu Staub. Das änderte das ganze Kampfgeschehen. In dem engen Getümmel am Strand merkte niemand, dass sie sich hinter einem Felsen verstecken konnten. Nein! *Sie* würden nicht dieser Fee zum Opfer fallen! Irgendwie mussten sie von hier weg. Als der Pfeil Barrnon traf, sahen sie ihre Chance. Keiner sah mehr nach oben. Die Fee konnte sie hier nicht treffen. Sie wandelten sich in Vögel und begaben sich heimlich und leise rechtzeitig in die Lüfte. Der Feuerherrscher war mit Sicherheit tot. Brock würde wohl eher geneigt sein, sie am Leben zu lassen, wenn sie *diese* Nachricht überbringen würden. Die verlorene Schlacht würde ihn sehr wütend machen. Sein Zorn bedeutete fast immer den Tod! Wieder höher in den Wolken sahen sie plötzlich einen dunklen Schatten. Das war Hylar! Und eine Krähe begleitete sie. Sie musste Hylar gefunden haben. *Noch* eine gute Nachricht für ihren Herrn. Die Angst der Krähen verflog. Sie machten sich lautstark bemerkbar. Hylar änderte im Flug sofort ihre Richtung als sie die drei anderen Krähen erblickte. Am Boden erzählten die Krähen ihr aufgeregt, was in der Schlacht geschehen war. Das würde

Brock wirklich nicht gefallen. Umso besser, dass sie diese Kette mit dem wertvollen Schlüssel hatte! Selbst, wenn sie die Kämpfe rechtzeitig erreicht hätte, wäre es für sie alleine nicht möglich gewesen, das Ruder noch herum zu reißen. Und wer weiß, was diese Fee noch mit ihr gemacht hätte. Sie hasste diese Feengeschöpfe! „Wir waren bereits auf dem Weg zu Brock" fauchte sie. „Kommt mit! Gut, dass Barrnon tot ist!" Ein Grunzen und Schnaufen voller Schadenfreude ertönte, als sie sich vom Boden in die Lüfte schwangen.

Barrnon öffnete für einen kurzen Moment die Augen. Nie vorher in seinem Leben hatte er so viele Lichter gesehen! Oder war er vielleicht doch tot? Er wusste es nicht. Die Bilder vor seinen Augen wurden wieder undeutlich. Erschöpft und überwältigt fiel er erneut in einen tiefen, heilenden Schlaf. Punkarri war sofort an seiner Seite, als sie die leichte Bewegung von ihm bemerkte. Sie liebte es, sich an ihn zu kuscheln und schnurrte dabei sehr laut. Efania konnte nicht mehr aufhören, zu lächeln. Hier saß sie mit ganz neuen Gefühlen und konnte es noch gar nicht wirklich glauben. In diesem Moment reifte ein Entschluss in ihr. Sie wünschte sich eine Zukunft! *Mit ihm*! Und sie wollte glücklich werden. Sie würde das Böse gemeinsam mit ihm und allen Anderen *für immer* zerstören!

Lana kam zu ihnen und setzte sich neben ihre Schwester. So hatte sie Efania noch nie gesehen. Ihr Gesichtsausdruck war voller Liebe. „Er war kurz wach" sagte ihre Schwester mit einem glücklichen Lächeln und nur einen kurzen Moment danach trat ein fest entschlossener Blick in ihre Augen.

„Das ist schön" sagte Lana. „Aber ich spüre immer noch das

Dunkle in der Nähe!" „Gut!" sagte Efania. „Ich habe eine Idee. Ruf alle zusammen. Wir brauchen jede Stimme. Es muss laut und weit zu hören sein. Wir stimmen unsere Totenlieder an!"

Jetzt verstand Lana, was in Efania´s Gedanken wuchs. Kurze Zeit später waren die ganzen Bewohner am Lebensbaum versammelt und wunderten sich. „Gemeinsam täuschen wir das Böse. Wenn irgendwo noch Hylar oder nur eine einzige Krähe sein sollte...sie werden vermuten, dass unsere Feenkönigin und auch Barrnon tot sind! Lasst uns nun unsere Totenlieder für Könige und Herrscher anstimmen."

Hylar beschwor die Krähen zu mehr Eile! Plötzlich...leise und weit weg hörten sie etwas. Zunächst nur ein Summen. Dann wurde es immer lauter und vom Wind zu ihnen getragen. Ein heller, aber trauriger Gesang, der Hylar bekannt vorkam. Sie konnte sich noch schwach an diese Lieder erinnern. Schon früher hatte sie die Melodien gehört. Die Feenkönigin musste ins Reich der Anderswelt gegangen sein! Diese Totenlieder waren eindeutig für sie! Hylar bekam einen zufriedenen Ausdruck in ihren roten Augen. Endlich! Efania war tot. Sie hatte sich selbst unter den Felsen begraben und es nicht überlebt. Das würde Brock besänftigen. Und Barrnon´s Tod kam noch dazu. Die verlorene Schlacht war kein verlorener Krieg! Der Tod von Efania und Barrnon...*das* war so viel mehr! „Los jetzt, ihr Krähen. Lasst uns unserem Herrn diese guten Nachrichten überbringen. Auf nach Farw.!"

Barrnon hörte diesen wunderschönen Gesang. Es musste ein Traum sein. Herrliche Blüten waren rechts von ihm an einem riesigen Baumstamm. Seine rechte Hand wurde gehalten. Das konnte nicht die Wirklichkeit sein. Er wollte nicht wach werden. Dieser Traum war zu schön. Für immer wollte er dieses Gefühl festhalten. Hier fühlte er Glück. Er wünschte sich so sehr, dass Efania bei ihm sein könnte. Sein Bewusstsein kam langsam zurück. Dieser Gesang war echt!

Ein leises Geräusch war auf seiner anderen Seite. Große, türkisfarbene Augen sahen ihn an. Er erschrak, denn die weiße Tigerin schnurrte neben ihm und hatte eine ihrer riesigen Tatzen auf seinen Arm gelegt. Sie zwinkerte ihm kurz zu. Dann gähnte sie ausgiebig und spätestens jetzt, als er ihre Reißzähne sah, war er wach! Die Hand auf der anderen Seite drückte seine ganz leicht und er merkte, dass es kein Traum war. Es war *ihre* Stimme, die so wunderschön in seinen Ohren klang. Die Melodie war zauberhaft und wurde immer leiser. Efania lächelte ihn an. „Keine Angst, mein Lieber. Punkarri wird Dir nichts tun. Sie hat die ganze Zeit mit mir an Deiner Seite gewacht. Schau." Barrnon erhob sich vorsichtig. Jetzt spürte er seine Wunde und die Erinnerung an die Schlacht bei der Grotte des Lichts kam zurück. Der Pfeil. Lana und das Licht. Er wollte nur den König schützen. Danach war alles dunkel. „Wo bin ich hier? Was ist das für ein Ort?" Efania erklärte ihm alles sehr behutsam. Nie vorher in seinem Leben spürte er eine solche Dankbarkeit und Ehrfurcht vor der Natur. Er war an diesem Ort bei dem größten Wunder der Schöpfung. Das musste der Lebensbaum sein! Er fühlte einen kurzen Moment voller Glück. Er lebte und sie war bei ihm! Aber seine Gedanken waren schnell wieder voller Sorge. Die Wirklichkeit war anders. Und die war da draußen! Er durfte nicht hier bei ihr sein und so tun, als ob nichts geschehen wäre. Doch diesen *einen* Moment, *den* würde er niemals vergessen und in seinem Herzen aufbewahren so lange er lebte! Efania wusste nun ganz

128

tief in ihrem Inneren, dass sie das Richtige getan hatten. Jessaria und Lenara nickten ihr zu. Salixia würde es ihnen verzeihen! Ganz sicher.

Die Anderswelt

Genau in der Mitte, zwischen der Grotte des Lichts und dem Ort des Lebensbaumes, gab es eine herrliche, große Lichtung. Sie war umgeben von majestätischen Bäumen. Die Feen nannten diese beeindruckenden Riesen Mammutbäume. Es war ein einzigartiger Ort der Ruhe und Stille. Tausende von winzig kleinen Lichtern tanzten zwischen ihnen umher. Wie Sterne umhüllten sie jeden einzelnen dieser gigantischen Riesen. Ein glitzernder Weg schlängelte sich dazwischen hindurch. Er war gepflastert mit Edelsteinen in leuchtenden Farben. Sie spiegelten die vier Elemente wieder. Rubine für das Feuer. Aquamarine für das Wasser, Bernstein für die Erde und Bergkristalle für den Wind.

Die Bewohner von Lunar glaubten alle fest daran, in der Anderswelt eine *neue* Aufgabe des Göttlichen zu bekommen. Der Tod auf Lunar bedeutete für sie keinesfalls das absolute Ende. Zwischen den beiden höchsten Bäumen war eine ganz besondere Stelle. Hier wurde die Asche derer verteilt, die gestorben waren. Sie wurde immer neu mit besonders großen, farbenprächtigen Blüten geschmückt. Jedes einzelne Lebewesen wurde hier ein letztes Mal geehrt und mit Gesang in die nächste Aufgabe in der anderen Welt begleitet.

Die Menschen bestatteten ihre Toten an verschiedenen Orten und mit verschiedenen Ritualen. Doch *eines* hatten sie gemeinsam: die *Feuerbestattung* war auf den Monden und Terrar ein fester Bestandteil.

Auf Terrar wurde die Asche in besonderen Gefäßen mit Verzierungen in die Erde versenkt und die verstorbenen Menschen mit Dank, Gebeten und Bitten an das Göttliche verabschiedet.

Auf Thumar wurden sie auf einem grünen Hügel, der aus einem erloschenen Vulkan entstanden war, feierlich aufgebahrt. Ein Teil der Flamme von Thumar wurde von einer langen Menschenkette weitergereicht. Derjenige, der den Verstorbenen am nächsten stand, setzte dann die Bahre in Brand.

Die Osburen verabschiedeten ihre Toten, indem sie auf Booten aufgebahrt wurden. Unzählige Kerzen wurden darauf auf trockenem Gras angezündet und das Boot glitt langsam in die Mitte eines ruhigen Gewässers, wo die Funken in den Himmel stiegen.

Farwier geleiteten ihre Toten in die Anderswelt, indem sie ihre Asche über den Klippen im Norden dem Wind übergaben. Auch dies war die Aufgabe der Wächter. Der Ort, an dem sie vorher verbrannt wurden, war die schönste Stelle im Norden, an der man den weitesten Blick über das Meer hatte.

So unterschiedlich die Bräuche auch waren, der Glaube stärkte sie Alle. Die Anderswelt war immer spürbar für jedes Lebewesen in seiner eigenen, einzigartigen Seele.

Drakarr´s Befürchtung

König Naransorr und sein restliches Heer befanden sich immer noch bei der Grotte des Lichts. In der letzten Nacht waren viele weitere Verluste zu bedauern. Einige Verletzungen waren zu groß. Das kleine, provisorische Lager schützte nur wenig, aber es war besser, als sich in der Grotte zu verstecken. Dort war es zu nass und zu kühl. Die Wunden konnten am Strand besser versorgt werden. Die Feen taten weiterhin ihr Bestes. Kräuter wurden von den Kobolden gesammelt. Sie würden Linderung verschaffen. So konnten die Menschen auf eine baldige Rückkehr in ihre Heimat hoffen. Trotzdem mussten sie immer noch wachsam bleiben und mit einem neuen Angriff rechnen. Naransorr und ein paar seiner Krieger hielten abwechselnd Wache bei den oberen Felsen. Sobald sich irgendetwas näherte, würden sie es kommen sehen und eine letzte Einheit gegen das Böse bilden.

Plötzlich ein lauter Ruf von oben. „Der Drache und die Großkatze kommen...“ rief einer der Wachen zu Naransorr hinunter. Der König bekam Herzklopfen. Auch bis hierher hatte man die Totengesänge vorhin gehört. Er dachte an Efania, Barrnon und auch an seine Königin Lana. Wer von Ihnen war wohl noch am Leben? Oder würde jetzt seine schlimmste Befürchtung wahr werden? Was wussten die beiden

Beschützertiere überhaupt? Er würde es jeden Moment erfahren.

Drakarr und Lisseja konnten seine Befürchtungen nicht alle vertreiben. Sie konnten ihm nur sagen, dass Lana Barrnon zu dem Lebensbaum bringen durfte. Lana lebte also. Naransorr atmete kurz auf und beruhigte sich langsam. Drakarr war davon überzeugt, dass sein Herr noch am Leben war. Auch Lisseja würde es fühlen, wenn Efania tatsächlich tot wäre. Die Beschützertiere hatten eine sehr enge Beziehung zu ihren Feen oder Menschen. Wenn *sie* starben, fühlten die Tiere es selbst tief in ihren Herzen. Naransorr dachte nach...da kam ihm ein Gedanke. Was wäre, wenn die Gesänge nur eine Täuschung sein sollten? Genau! Das war ganz sicher eine List! Wie oft hatte Lana ihm gesagt, dass die Beschützertiere den Tod ihrer Feen und Menschen sofort spüren würden. Jetzt war er sich sicher. Drakarr, Lisseja und auch Naransorr hatten wieder Hoffnung. Und jetzt konnte er an den Aufbruch denken. Mit diesen beiden Tieren waren sie sicherer in der letzten Nacht. Aber der Drache und die Großkatze waren unruhig. Naransorr spürte ihre Sorgen. „Lisseja, lauf zurück und warte in der Höhle am Ausgang zum Lebensbaum. Sobald Du mehr berichten kannst, sehen wir uns wieder. Und Du Drakarr...flieg und suche Deinen Sohn. Ich weiß, wie Du Dich fühlst. Unsere Söhne sind das Kostbarste, was wir beschützen müssen...“ sagte Naransorr und wusste, dass ohne die Tiere das Risiko im Lager wieder hoch sein würde. Sie müssten diese eine Nacht noch überstehen. Für Barrnon wurde alles getan, aber Drakarr´s Sohn war vielleicht noch in großer Gefahr.

Die Tiere fühlten seine Gedanken. Was waren sie doch für großartige und intelligente Wesen. Naransorr verstand die Welt der Feen immer mehr. Drakarr und Lisseja nickten ihm zu und machten sich getrennt auf den Weg. Lisseja wäre schnell zurück und würde sich durch den jetzt offenen Eingang bis hin zum geheimen Ausgang begeben. Dort würde sie sich verstecken, warten und sich keinen Millimeter entfernen, bevor es Neuigkeiten vom Lebensbaum und ihrer Herrin gab. Allein konnte sie diese Schranke nicht passieren. Dazu waren die Worte der Feen notwendig, die nur wenige von ihnen überhaupt kannten.

Drakarr beeilte sich. Trotz seiner riesigen Schwingen würde er Zeit brauchen, bis er Thumar erreichte. Seine Gedanken kreisten um seinen Sohn. Er hoffte so sehr, dass Darrcon nichts geschehen war. Wenn Brock ihn nun gefunden hatte und auch ihn mit schwarzer Magie vergiftet hatte...es würde sein großes Drachenherz zerreißen. Drakarr wünschte sich, er hätte öfter *und bestimmter* das Verbot, *alleine* die Flamme von Thumar aufzusuchen, ausgesprochen. Jetzt machte er sich als Vater die größten Vorwürfe. Er hätte schon längst seinem Sohn die Wahrheit sagen müssen. Inzwischen war Darrcon fast erwachsen und Drakarr wusste, wie sehr sein Sohn seine Mutter die ganzen Jahre vermisste. Aber was hätte er schon tun können? Die Wahrheit war so schrecklich. Darrcon wäre nur noch schlimmer verletzt und von ihm enttäuscht gewesen. Drakarr hatte es einfach nicht über sein Herz gebracht. Seine Wut auf Brock entflammte neu in ihm und sorgte für eine noch größere Schnelligkeit. Thumar war nicht mehr weit. Die Stelle, an der die Flamme aufbewahrt wurde, wäre die erste, wo er nachsehen würde!

Hylar's Geschenk

Auch sie beeilten sich. Hylar und die Krähen wollten so schnell wie möglich ihrem Herrn die guten Nachrichten und *ganz besonders* ihren wertvollen Schatz überbringen. Mit diesem Geschenk und jedem weiteren Sieg würde er seiner vollendeten Gestalt ein großes Stück näher kommen. Nur noch die Schatulle, dann wäre Brock wieder vollkommen. Aber darum kümmerte sich sicher die Krähenmutter. Hylar hatte sie nur einmal kurz gesehen in ihrer dunklen, geheimnisvollen Gestalt. Sie erinnerte sie an jemand Anderen, aber Hylar war sich nicht sicher. Diese glänzenden, schwarzen Haare und ihre ganze Aura strömten etwas sehr Mächtiges aus und Brock war von ihr fasziniert. Sie selbst und diese Krähe würden ihrem Herrn dienen mit Leib und Seele. Hylar freute sich schon sehr auf die Begegnung mit ihrem Herrn. Sie würde mit den Nachrichten warten und sich an ihrer eigenen Vorfreude ergötzen. Und dann, wenn sie seine Wut langsam aufkommen sah, würde sie die funkelnde Kette hervor nehmen und sie ihm zeigen. Danach würde sie mit Sicherheit eine Belohnung bekommen. Sie freute sich jetzt schon auf ihre nächste Jagd nach Menschenfleisch. Das würde Brock ihr dann bestimmt erlauben. Zu lange musste sie darauf verzichten.

Der Dunkle war unruhig. Er wollte endlich wieder seine

Gestalt! Mit jedem weiteren Sieg wuchs seine Macht. Er wusste, dass er dieses Mal nur mit Geduld und List sein Ziel erreichen konnte. Er würde sich nicht *noch einmal* so täuschen lassen! Die Menschen und die Bewohner von Lunar waren auf diese Schlacht nicht vorbereitet! Er würde bald von seinem Sieg erfahren. Die Krähen waren mit dieser Nachricht mit großer Wahrscheinlichkeit schon auf dem Rückweg. Und er konnte Hylar wieder fühlen. Es machte ihn halb wahnsinnig, nicht selbst dabei sein zu können, und immer nur die Gedanken oder das Kommen seiner Gehilfen zu spüren. `Geduld` mahnte er sich selbst. Da war es! Sein Warten hatte endlich ein Ende. Er fühlte seine Boten kommen. Hylar war fast da. Und sie hatte Krähen bei sich. Die Gier in ihm wuchs weiter. Er fühlte Macht in sich aufsteigen. Etwas war passiert und es war gut *für ihn*. Sie würden von der Schlacht berichten und die Schatulle wäre vielleicht auch schon bald in seinem Besitz. Alles lief nach Plan.

Hylar´s Augen leuchteten rot. Er konnte sie schon von Weitem kommen sehen. Die Krähe, die er selbst geschickt hatte, war bei ihr. Und drei weitere von ihnen. Ein dunkles Kribbeln überzog die staubige Hülle des Bösen. Die Krähe ging zu ihm und legte ihm Merlon´s Edelstein wieder zu Füßen. Er hatte seinen Nutzen erfüllt.

„Hylar, sag mir...was hast Du erreicht? Ist Efania tot?"

Hylar legte sich vor die riesige, dunkle Wolke. Gegenüber ihr erschien sie als Drache sogar noch klein. „Ja Herr, die herabstürzenden Felsen müssen sie getroffen haben." Eine der drei Krähen trat zitternd hervor. „Herr, die Schlacht wurde verloren. Wir sind die einzigen Überlebenden. Alle anderen

Krähen wurden von Naransorr´s Königin mit ihrem Licht zu Staub verwandelt, als wir den Sieg bereits auf unserer Seite hatten.

Brock´s Grollen war deutlich zu spüren. Er wollte seiner Wut gerade freien Lauf lassen, als plötzlich etwas hervorblitzte. Hylar hielt die Kette von Efania mit dem Schlüssel für die Schatulle in die Höhe. Sie spürte, wie ihr Herr sich veränderte. Die dunkle Wolke wurde dichter. Brock´s Geist gab ein lautes, böses Lachen von sich. Nur einen kurzen Augenblick später bemerkte er weitere, ganz andere Schwingungen. *Sie* war auf dem Weg! Dieses Gefühl hatte er *nur bei ihr*! Dann hatte sie etwas *für ihn*! Brock war mehr als nur besänftigt! Der Dunkle zitterte vor Aufregung und Vorfreude.

Hylar wagte sich weiter vor. Sie fühlte, wie die Wolke sich veränderte. „ Herr, es gibt noch etwas...Wir haben *nicht nur* die Totengesänge von Lunar gehört. Barrnon, der Feuerherrscher ist bei der Schlacht im letzten Moment von einer der großen Krähen mit einem giftigen Pfeil getroffen und getötet worden.“

`Sie sind beide tot!` Brock´s böses Lachen wurde lauter und lauter. Er hörte nicht, dass eine weitere Krähe eingetroffen war. Direkt unter der Wolke wandelte sie sich. Sie war eine Botin von *ihr*. Sie berichtete von ihrer Herrin. „Salixia kommt zu Dir, Herr. Sie konnte die Schatulle an sich bringen und befindet sich in einer Transportkugel auf dem Weg hierher.“ Jetzt erinnerte sich Hylar wieder. *Sie* war die Krähenmutter. Salixia...der Name löste die Erkenntnis aus. Eine Ur-Ahnin! Oh, ihr Herr war wirklich mächtig, wenn er *sie* auf seine Seite ziehen konnte!

„Jetzt hält mich nichts mehr auf! Meine Gestalt ist bald vollkommen. Mit diesen Kräften werden wir gemeinsam eine Macht entfesseln wie nie zuvor! Geht meine Kinder, tut, worauf ihr Lust habt. Aber vorher bereitet alles für die Ankunft von Salixia vor. Mein Geist wird sehr bald wieder einen Körper haben!"

Hylar war bei diesen Worten in Gedanken schon bei der Jagd. Wo könnte sie schneller ihren Hunger stillen als hier auf Farw? Ein paar nette, kleine Wächter würden fürs Erste genügen. Und bemerken würde das hier im Norden so schnell niemand. Sie verlor keine Zeit und machte sich auf den Weg. Ihre Instinkte würden sie bald zu Beute führen.

Alcator

Hoch im Norden von Farw befand sich eine längst von den Menschen vergessene Welt. Hier nahe der Klippen von Alcator wehte der Wind so eisig, dass Leben dort nur für wenige Arten möglich war. Unterirdische Gänge schlängelten sich an einer steilen Küste entlang. Riesige Höhlen und dunkle Grotten waren mit der Zeit durch die Naturgewalten entstanden. Eine der größten Höhlen lag direkt unterhalb der steilsten Stelle der Küste. Selbst die geschicktesten Vögel konnten hier keine Nester bauen. Nicht weit davon entfernt war es zwar immer noch kalt, aber die Menschen konnten hier für ein paar Stunden den Wind bewachen, der als drittes Element auf Farw aufbewahrt wurde. Es war trotzdem keine leichte Aufgabe. Sie mussten sich immer wieder aufwärmen, bevor die nächste Wache anstand. Für diese kurze Zeit war der Wind nur durch eine Hülle aus Licht von Lunar geschützt. Auf Farw mussten die Menschen dieses Risiko eingehen. Die Falken waren zur Unterstützung immer in der Nähe und achteten mit wachen Blicken auf die Umgebung. Sie waren treue Begleiter, wenn die Wächter sich am Feuer aufwärmten. So konnten sie mit neuer Kraft die nächste Wache angehen. An diesem Tag jedoch war alles anders. Es war bitterkalt. Sogar die Wolken waren dunkler als sonst. Das gab es noch nie. Vielleicht zog nur ein Sturm auf, aber die Wächter beschlossen, es bald Retarr zu berichten. Ihre erste Wache war vorbei und die Falken flogen wie immer zu den Höhlen und dem Windelement. Heute kamen sie nicht zurück. Das war sehr merkwürdig. Ankar und Isol schauten sich fragend an und wollten nachsehen. Die Kälte von der letzten Wache war immer noch in ihren Gliedern, aber das Verhalten der Falken machte sie nervös. In dem Moment, als sie aufbrechen wollten, brach die Lichtschranke. Jemand hatte den Eingang entdeckt und das Windelement mit großer Wahrscheinlichkeit in seinen Händen. *Deshalb* war es plötzlich so eisig! Isol und Ankar zogen ihre Decken enger über die Schultern und bekamen große Angst.

„Wer das auch immer war...wir müssen Retarr informieren! Wo sind nur die Falken?" sagte Ankar. „Sie sind sicher in der Nähe und halten sich versteckt. Und wir wären bereits tot, wenn wir länger Wache gehalten hätten. Wir müssen unsere Pferde holen. Zu Fuß dauert es zu lange, bis wir Retarr erreichen!" Die Kälte wurde immer schlimmer. „Ankar" sagte Isol..."das schaffen wir nicht. Es hat keinen Sinn. Wir können nicht zurück nach Hause. Wir würden innerhalb kürzester Zeit erfrieren. Ich hoffe, die Pferde konnten noch rechtzeitig weg. Wir können uns nur noch in eine der kleineren Höhlen retten." Ein eisiger Sturm kam ihnen entgegen. Sie konnten kaum noch sehen. Als sie in der Ferne die Umrisse der Felsenformation erkannten, waren sie mehr als erleichtert. Sie zitterten vor Kälte und die Angst kroch immer tiefer in ihre Glieder. Aber auch hier würden sie nicht lange überleben. Isol fror schrecklich und ihre Decke schützte sie kaum noch. Endlich hatten sie den Eingang gefunden. Sie gingen ein Stück weiter in die Höhle hinein. Es war dunkel, aber hier war der Wind nicht mehr so stark. Nass und kalt war die Nische, aber sie hatten keine andere Wahl. Eng aneinander geschmiegt setzten sie sich in eine Ecke. Sie wussten, dass sie es hier nicht lange aushalten würden. „Da!" flüsterte Isol. „Hörst Du das?" Angespannt lauschten sie und wagten kaum noch, zu atmen.

Sekunden verstrichen wie Minuten. Dann sahen sie ihn kommen. Erleichtert erkannten sie, *wer* ihnen gefolgt war. Es war Falkarr! Er musste sie gesehen haben. Schnell machten sie sich mit leisen Rufen bemerkbar. Er war vielleicht die einzige Rettung für sie. Als er sie in der Dunkelheit endlich entdeckte, kam er zu ihnen geflogen. Auch Falkarr hatte große Mühe. Er schien müde und sein Gefieder war voller winziger Eiskristalle. Isol hüllte ihn mit ein in ihre Decke und wärmte ihn kurz auf. Er war sehr unruhig und wollte sich gleich wieder auf den Weg machen. Er würde wohl *mehr* berichten können als *nur von ihnen und der Kälte*. Eilig flüsterte Ankar ihm eine Nachricht für Retarr zu. Er hoffte, dass Falkarr überhaupt noch in der Lage war, unbemerkt und schnell zu entkommen. Lange Zeit würden weder der Falke noch sie selbst in dieser Kälte überleben. Isol und Ankar krochen wieder dicht zusammen und versuchten, wach zu bleiben. Die Dunkelheit vor der Höhle würde bald dem Licht weichen. Vielleicht könnten sie dann erkennen, *was* in den Höhlen vor sich ging. Und Falkarr hatte anscheinend viel mehr gesehen, als ihnen lieb war.

Weit weg von ihrem Versteck waren leise, merkwürdige Geräusche zu hören. Sie wurden vom Wind durch die Gänge bis hin zu ihnen getragen. Es waren dumpfe, klopfende und immer wiederkehrende Töne. Aber war es real? Sie konnten es nicht deuten. Die Kälte täuschte inzwischen ihren Verstand und machte jeglichen klaren Gedanken zunichte. Sie konnten nur warten, wach bleiben und hoffen.

Falkarr war auf dem Weg. Seine Flügel waren inzwischen noch schwerer geworden. Die Kälte setzte ihm zu. Er musste es schaffen, von hier weg zu kommen, so schnell er nur konnte. Aber er war schließlich nicht irgendein Falke. Nein! Er war das Beschützertier von Retarr! *Und er war der Schnellste.* Er durfte und wollte es nicht zulassen, dass Isol und Ankar starben. Und mindestens genauso wichtig waren *seine anderen* Nachrichten für seinen Herrn. Er nahm seine ganze Kraft zusammen und versuchte, durchzuhalten. Es wurde bereits hell und in weiter Ferne sah er die ersten Baumkronen. Nur noch ein kleines Stück. Es wurde bereits wärmer. Und bei den Bäumen konnte er endlich einen kurzen Moment ausruhen.

Hylar hatte die Stelle gefunden. Sie hatte die Spuren der Wächter gewittert! Unermüdlich würde sie nun ihrem Instinkt folgen. Sie konnten nicht weit gekommen sein. Als Drache konnte ihr die Kälte nichts anhaben. Aber genau wie jedes andere Lebewesen, wurde sie dadurch langsamer. Trotz dieser Tatsache...der Hunger würde sie treiben. Und sie hatte noch nie eine Fährte aufgegeben!

Brock´s Versteck

Für ihn war Alcator anders und besser als alles vorher. Auf
Terrar damals war es viel zu leicht, ihn und seine Krähen
aufzuspüren. Das würde hier nicht noch einmal passieren! Die
Kälte würde die Menschen von ihm und seinem Versteck
fernhalten. Selbst die Vögel, die immer in den Klippen
nisteten, waren weg. Er hatte zum ersten Mal den Wind
eingesetzt! Es war genau der richtige Zeitpunkt und ein gutes
Gefühl. Bald würde er nicht nur Kälte über sie bringen. Er
würde vernichtende Stürme über die Menschen und die
Feenwelt schicken. Aber zuerst war sein eigenes Versteck
wichtig. Die Höhlen verwandelten sich in eine eisige Welt mit
riesigen, herunterhängenden Eiszapfen. Brock´s neues Reich
wuchs immer mehr. Die Krähen arbeiteten Tag und Nacht und
es wurden immer mehr. Auch sie wurden durch die Kälte
langsamer. Aber es war nur noch *eine* Aufgabe zu erfüllen.
Danach war sein riesiges Heer vollkommen. *Sie* würden die
Dunkelheit über alle bringen. *Sie* wären stärker und größer als
alle Anderen. *Sie* würden seine Anführer sein und genauso
grausam und böse wie Brock selbst!

Laute, hämmernde Geräusche waren zu hören aus den tiefsten
Bereichen unter den Felsen. Brock nutzte für seine letzte
Schöpfung zwei weitere Elemente. Seine Giganten sollten

andere, bessere Waffen bekommen. Brock erschuf sie aus dem dunklen Gestein der Höhlen. Mit dem Feuer von Thumar, Merlon's Stein und dem Wasser von Lunar würden sie härter sein als jemals zuvor. Sie würden den Waffen der Anderen das erste Mal Stand halten können! Der Dunkle fühlte seine eigene Vollkommenheit nahen. Salixia war nicht mehr weit. Er konnte ihre Nähe spüren. Brock schwebte oben über seinem Podest vor dem Thron und überblickte alle Arbeiten mit Zufriedenheit. Er schaute zu, wie viele seiner gigantischen Anführer aus dem Staub erschaffen wurden. Die Krähen um sie herum krächzten bei ihrem Anblick. Diesen riesigen Gestalten des Bösen würden viele zum Opfer fallen! Klauen wie Messer, Muskeln wie riesige Tiere. Fratzen, aus denen das Böse selbst seine Feinde anschaute und drohte, alles mit spitzen Reißzähnen zu zerfetzen! Brock badete in der Vorstellung, dass bald alles seinen Monstern erliegen würde. Wenn er nur die Schatulle schon hätte. Dann würde er endlich seinen Körper wieder fühlen und seine Macht wäre größer als jemals zuvor! Er würde zusammen mit Salixia ein neues, dunkles Zeitalter erschaffen. *Sein* Zeitalter!

Er hatte jetzt fast alles in seiner Hand. *Diesen* kommenden Krieg würde er gewinnen! Nichts und Niemand könnte ihn mit diesen Kampfmaschinen an seiner Seite aufhalten. Und er hatte Salixia, er hatte Hylar, die Elemente und Merlon's Stein. Die Feinde waren viel schwächer als damals. Sein hämisches Lachen hörte man weit in der Höhle und in den Gängen hallte es noch lange nach!

Die Krähe und ihre Kinder

Ein Geräusch ließ Brock plötzlich aufhorchen. Er spürte es! Dieses Gefühl hatte er nur, wenn *sie* in der Nähe war. Endlich! Salixia war da. Als Krähe sah sie noch viel schöner aus als in ihrer Gestalt der Ur-Ahnin. Ihr schwarzes Gefieder glänzte und diese roten Augen gefielen Brock immer mehr.

Sie trat näher und er konnte ihre Aufregung fast greifen. Salixia hatte einen triumphierenden Blick als sie begann ihm zu berichten. Sie hatte Merlon und die beiden Kriegerinnen überlistet. Gift war doch immer noch das tückischste und beste Mittel. Die Dosierung war der Schlüssel. Dieses hier war nicht tödlich. Aber damit hatte sie alle Drei für Stunden außer Gefecht gesetzt. Selbst der Falke lag auf dem Rücken und schlief fest. Nun ja...vielleicht war seine Dosis etwas zu hoch. Er hatte sowieso keinen Nutzen für Sie. Dann konnten sie ihn auch gleich an Ort und Stelle liegen lassen.

Brock hörte gebannt zu und wollte alles wissen. Die dunkle Wolke umhüllte Salixia und beide hatten dabei ein wohliges Gefühl von Macht. „Sprich weiter!" forderte er in ihren Gedanken. Salixia hatte die Transportkugel in Richtung Norden von Farw lenken können, ohne dass die Drei es bemerkten. Da auch hier die Kälte spürbar wurde, ahnte niemand etwas, als sie den wärmenden Kräutertrank angeboten hatte. Merlon hatte ihn schon so oft von ihr bekommen und er zweifelte nie an ihren Kenntnissen über die Heilkunst. Ihr Trank war immer sehr wohltuend. In diesem jedoch war eine ganz besondere Wirkung. Er betäubte nicht nur, sie würden sich auch an nichts mehr erinnern können, was in den Stunden vorher geschehen war. Sie wüssten noch nicht einmal mehr, woher sie kamen und wohin sie eigentlich sollten. Salixia hatte sich selbst übertroffen! Sie hatte nicht nur die Schatulle. Nein! Sie hatte soviel *mehr* mitgebracht, was Brock gegen seine Feinde einsetzen könnte. Geiseln waren doch ein großartiges Mittel zum Zweck. Es war wohl überlegt, dass Salixia sie noch am Leben gelassen hatte. Ganz sicher würde Brock die drei noch nutzen können. Den Vogel konnte man irgendwann entsorgen. Brock rief ein paar Krähen zu sich und befahl, Merlon und die Kriegerinnen in die Gefangenenhöhle zu bringen. Sie sollten dort in der Mitte der Zellen ein Feuer machen, dass sie es gerade noch *so* warm hatten, um zu überleben.

Salixia war stolz und zog endlich ihren Schatz hervor. Die heiß ersehnte Schatulle. Das innere Verlangen von Brock wuchs ins schier Unendliche. Die Wolke vibrierte und umschlängelte die Krähe. Es brodelte in Brock und Salixia´s Gedanken wurden geradezu überschüttet von seinen Gefühlen. Jetzt würde alles anders werden. Seine vollkommene Gestalt, seine Kräfte, seine Macht, seine unbändige Gier nach Dunkelheit und Krieg waren nun greifbar nahe. Er erzählte Salixia, dass sie nicht länger warten mussten. Hylar hatte den Schlüssel der Feenkönigin entdeckt und Brock zeigte Salixia die Stelle hinter dem Thron, wo er ihn aufbewahrt hatte. *Jetzt* war auch sie voller Verlangen. Sie wollte Brock endlich in seiner Gestalt sehen und berühren. Sie wünschte sich, ihm voll und ganz zu gehören. Sie war die Mutter der Krähen und alles fügte sich nun zusammen. Sie steckte den Schlüssel in das Schloss!

Mit einem lauten Geräusch öffnete sich der Deckel aus Gold. Und dann sah sie sie. Diese *eine* dunkle Flasche mit der Asche aus der Wurzel des Bösen. Sie nahm sie in ihre Krähenhand und hielt sie fast ehrfürchtig hoch. Keine Sekunde mehr waren die Gefühle von damals in ihr, als sie selbst den dunklen Staub verschlossen hatte. „Öffne sie, lass uns das Böse atmen!" bebte Brock.

Salixia öffnete den Verschluss. Sie wusste genau, was sie tat. Hatte sie es doch damals selbst versiegelt. Aber das war schon lange aus ihrem Gedächtnis verbannt. Fast mechanisch war ihr Handeln. Es war ein lautes, ohrenbetäubendes Geräusch. Das Böse kam heraus und umzingelte die dunkle Wolke. Wie zwei düstere, schwarze Vögel umkreisten und verschlangen sie sich gegenseitig. Es manifestierte sich immer deutlicher und nach einem heftigen, lauten Aufprall dieser schwarzen Masse stand er auf und erhob sich in voller Größe. Die dunklen Schwaden waren endlich nicht mehr nur ein Schatten seines Selbst. Er stand aufrecht vor ihr, mit schwarzen Pupillen und einem kräftigen, muskulösen Körper.

„Hallo Salixia" sprach er... "meine wunderschöne Göttin." Seine dunkle Stimme entfesselte ein Kribbeln in ihr. „Du möchtest bestimmt jetzt Deine Kinder sehen...komm!"

Diese Gefühle waren neu für sie. Nie vorher hatte sie ein solches inneres Zittern gespürt. Brock, er war *ihr* König und *jetzt* würde sie ihre Kinder sehen. Sie konnte kaum fassen, was sie nun sah. So viele...und alle gehörten sie *ihr*. Sie fühlte Stolz.

Ihre Kinder waren so stark und so wunderschön! Sie sah die Anführer und wusste: *das* ist ihre wahre Bestimmung! *Das* ist ihr Schicksal! Und sie würde es erfüllen...mit *ihm*!"

Der Norden von Farw

Farw war ein vielseitiger Mond. Er hatte verschiedenste Facetten. Es wehte immer eine leichte, angenehme Brise. Selten war es stürmisch und kalt. Und wenn, dann war es im *Norden* an der Küste mit den felsigen, dunklen Steilhängen. Dann wurden auch im tiefblauen Meer die Wellen höher. Viele Vogelarten liebten gerade diese Steilhänge. Hier ließen sie sich von dem Spiel des Windes tragen. Auch die Falken mochten den Norden sehr. Sie liebten es, hierher zu fliegen und die Wächter zu begleiten. Falkarr, der als Beschützertier zu Retarr gehörte, mochte die Wächter Isol und Ankar sehr. Er spürte ihre Liebe zu den Tieren und begleitete sie gerne. Wenn sie sich aufwärmen mussten, behielt er und die anderen Falken das Windelement im Auge. Sie flogen dicht über die Höhle hinweg und achteten so immer auf die ganze Umgebung. Isol und Ankar liebten die Natur. Für sie war es kein Problem, im kühlen Norden zu leben. Sie konnten sich keinen besseren Ort für ihr Zuhause vorstellen. Dass sie täglich den weiten Weg bis zu den Höhlen bewältigen mussten, war in Ordnung. Sie gingen gerne über die grünen Wiesen bis zu den Felsen. Und wenn sie wirklich einmal müde waren, hatten sie ihre Pferde. Auf sie und die Falken war immer Verlass. Die nächsten Menschen waren nur einen Tag entfernt, wenn sie in Ausnahmen Hilfe benötigten. Hier fühlten sie sich geborgen und lange Zeit sicher.

Einer der Falken war in diesem Moment auf der Hut. Falkarr war heimlich aus der Transportkugel entkommen. Salixia dachte, er wäre tot. Und die Krähen hatten ihn nicht gesehen. Oder sie waren zu sehr mit Merlon, Morrja und Xenara beschäftigt. Wo sie sie wohl hinbringen würden? Das würde Retarr ganz sicher nicht gefallen! In der Transportkugel hatte er gemerkt, dass etwas nicht in Ordnung war. Es war nur so ein Gefühl. Und dieser Trank...der Geruch. Seine Sinne waren ausgeprägt und wesentlich empfindlicher als die der Menschen. Warum nur hatte Merlon nichts davon gespürt? Salixia war nervös. Er kannte sie nicht gut, aber ihre Aura strahlte etwas aus, dass er wohl nur als Vogel erkannte. Vielleicht war es ja nur sein tierischer Instinkt, der die Gefahr witterte. Auf jeden Fall reichte es aus, Salixia nicht zu trauen. Und er behielt Recht. Wie *plötzlich* sie Alle eingeschlafen waren. Der Trank roch bitter. Auch *das* war keinem sonst aufgefallen. Gut, dass er nur nippte. In einem unbeobachteten Moment spuckte er den Rest unter sich. Trotzdem reichte es aus, um auch ihn schläfrig zu machen. Er beobachtete noch, dass Salixia den Kurs änderte und sie nach Farw flogen. Dann fielen auch ihm die Augen kurz zu. Als sie gelandet waren und Salixia mit der Schatulle in die größte der Höhlen verschwand, war er wieder bei vollem Bewusstsein. Diese Küsten hier kannte er nur zu gut! Er versuchte alles, um Merlon und die Kriegerinnen zu wecken. Vergeblich. Sie rührten sich nicht. Als er die Krähen kommen sah, floh er hinter einen Felsen und konnte so unbemerkt bleiben. Er überlegte, ob er ihnen folgen sollte. Oder war es besser, Retarr zu informieren? Seine Entscheidung konnte für ihr aller Leben von Bedeutung sein. Als er sich in die Lüfte begab, hörte er hinter sich in der entgegengesetzten

Richtung Geräusche.

Er sah in der Dunkelheit Bewegungen vor einer der kleineren Höhlen. Sein Spähersinn war geweckt. Er konnte allein nichts gegen die Verschleppung von Merlon und den Kriegerinnen ausrichten. Also flog er in die andere Richtung, um zu sehen, was dort geschah. Wenn es nur nicht so eisig wäre. Seine Kraft war zurück und seine Augen sahen deutlich, aber diese Kälte machte ihm das Fliegen schwer. Als er näher kam, waren die Menschen nicht mehr zu sehen. Wo waren sie hin? Und warum waren sie überhaupt hier? Er kam näher und flog in die Höhle hinein. Irgendetwas kam ihm bekannt vor. Er kannte diese Menschen. Als er sie hörte, wusste er, wer sich hier versteckte. Es waren die beiden Wächter, die er ganz besonders mochte. Diese Kälte würde sie umbringen, wenn sie hier bleiben würden. Er musste zu ihnen. Sie sahen schlecht aus. Es ging ihnen nicht gut. In der Höhle war es nass und eisig. Aber draußen konnten sie noch weniger überleben. Sie hatten sich wohl gerade noch rechtzeitig vor diesen Krähen verstecken können. Falkarr flatterte wild und versuchte, sich bemerkbar zu machen. Endlich bewegte sich Ankar, der Isol ganz in die Decke gehüllt hatte. Schnell und kraftlos erzählte er Falkarr, was geschehen war und und schickte den Falken zu Retarr. Er war ihre einzige Rettung. Sie würden ohne seine Hilfe bald erfrieren oder von den Feinden entdeckt werden. Ankar flehte den Falken an, sich zu beeilen. Dann zog er die Decke wieder enger über Isol und sich zusammen und hoffte, dass sie noch etwas durchhalten würden.

Falkarr war so schnell wie kein anderer seiner Art. Und er musste unbedingt zu Retarr. Er war die meiste Zeit an der Seite seines Herrn und stand auch Morrja sehr nah. Er verstand, dass

Retarr ihn mit Morrja nach Terrar geschickt hatte. Retarr vertraute ihm sehr. *Niemand* konnte wissen, dass die größte Gefahr sich *hier* auf Farw befand. Falkarr spürte Müdigkeit und die Kälte setzte ihm zu. Der Trank hatte trotz der geringen Menge gewirkt und ihm Kraft geraubt. Sobald er außer Sicht war, wollte er sich einen kurzen Moment ausruhen. Spätestens bei Anbruch der Dämmerung würde er sich dann auf den Weg machen. Falkarr musste ständig auf der Hut sein und seine Reserven sinnvoll einteilen. Mit etwas Rückenwind sollte er schon morgen bei Retarr sein. Er hoffte sehr, dass sein Herr noch am Leben war. Die Schlacht auf Lunar konnte auch zugunsten der *anderen* Seite ausgegangen sein. Aber sein Herr war ein Nordmann und ein großer Krieger! Falkarr wollte fest daran glauben, ihn bald zu sehen. Aber er war sich auch sicher, dass Retarr diese Nachrichten nicht gefallen würden. Vielleicht hätte er sogar Zweifel.

Jetzt war Falkarr weit genug entfernt von den Höhlen. Er wollte kurz verschnaufen und dachte an Alle, die jetzt auf ihn angewiesen waren. Plötzlich sah er am Himmel einen riesigen, dunklen Schatten. Er selbst war zu klein, um entdeckt zu werden. Er duckte sich und erkannte sie...Hylar! Sie flog immer wieder in der Ferne über der gleichen Stelle im Kreis. Sie hatte etwas gewittert. Was sollte er nur tun? Er konnte nicht zurück. Er nahm all seine Kräfte zusammen und flog los. Er würde keine Pause machen und nur in der Nähe der Lichtung einen kurzen Moment in den Bäumen ruhen. Jede Sekunde zählte. Endlich sah er in der Ferne die Baumkronen. Nur einen Augenblick...dann müsste er das letzte Stück bis zu seinem Herrn schaffen. Hylar darf Isol und Ankar nicht finden!! *Sie* würde sie nicht gefangen nehmen und weg bringen. Nein. Hylar hatte Hunger!

Falkarr und Retarr

Falkarr und Retarr waren von Beginn an genauso eng verbunden wie Barrnon mit Drakarr. Seit der großen Schlacht damals waren die Verbindungen zueinander noch intensiver geworden. Die Beschützertiere passten immer mit allen Sinnen und wachsamen Augen auf ihre Menschen auf. Und ihre Menschen sorgten mit ganzen Herzen für sie. Der Falke und der Drache liebten beide das Fliegen sehr. Während Drakarr riesige Kreise zog *auf* und *über* den Monden, flog Falkarr am liebsten über die herrliche und so vielseitige Landschaft von Farw. Er und seine Artgenossen spielten oft mit den Winden. Sie kannten die Steilküsten im Norden, die Heimat der Menschen mit den Städten und Wasserfällen im Süden *und* die Wiesen und Wälder im Mittenland.

Auch Retarr und Morrja begleiteten sie gerne mit den Pferden in die Natur. Ihr aller Lieblingsplatz jedoch war die große, sonnendurchflutete Lichtung mitten in den weiten Wäldern hinter den Steilhängen der Stadt Farworras, wo die meisten der Menschen auf Farw ihre Heimat hatten. Hier oben war es im Gegensatz zu der Stadt wunderbar ruhig und die Luft war so gut wie nirgendwo sonst. Gemeinsam verbrachten sie viele Stunden auf der Lichtung. Morrja und Retarr genossen es, einfach nur auf der Wiese zu liegen und in den Lüften die

153

Flugkünste der Falken zu beobachten.

Retarr war endlich zu Hause. Nachdem alle Verletzten auf den Rückweg in ihre jeweilige Heimat gebracht werden konnten, hielt es niemanden mehr länger auf Lunar. Alle wollten zurück, nach ihren Lieben schauen, und ihre Wunden heilen lassen. Der Schreck saß noch tief. Diejenigen, deren Körper unversehrt geblieben waren, hatten genauso tiefe, aber *seelische* Wunden von dem, was ihre Augen zu sehen bekommen hatten. Retarr machte sich große Sorgen. Wo blieb nur Morrja? Sie war noch nicht zurück. Er hatte vergebens gehofft. Und auch Falkarr war nirgends zu finden. Beide hätten schon längst von Terrar zurück sein müssen. Was war nur geschehen? Waren sie überhaupt bei Merlon angekommen? Diese Ungewissheit zermarterte ihn. Er wünschte sich inständig, dass der Magier, Morrja, Xenara und auch Falkarr noch am Leben waren. Aber er hatte keine Zeit, sich noch mehr Gedanken darüber zu machen. Er war der Herrscher von Farw und hatte hier eine wichtige Aufgabe zu erfüllen. Naransorr hatte allen die Anweisung gegeben, sich bestmöglich auf weitere Kämpfe mit dem Bösen vorzubereiten. Brock würde sie nicht wieder gewinnen lassen und hatte mit großer Wahrscheinlichkeit bereits weitere Maßnahmen dafür ergriffen! Sie mussten sich so schnell wie möglich auf alles einstellen. Retarr ließ die Ältesten von Farw und seine stärksten Nordmänner zu einer Versammlung rufen. Er musste seine besten Kämpfer informieren und mit den Ältesten über die besonderen Waffen sprechen, die *sie gemeinsam* nach der großen Schlacht damals an einen geheimen Ort gebracht hatten.

Die Halle füllte sich nach und nach. Seine Männer waren zuverlässig. Aber man spürte ihre Unruhe. Auch die Ältesten waren angespannt. Einige von ihnen hatten die Verletzten und Toten gesehen. Das Böse hatte bestialisch zugeschlagen. Retarr hatte keine leichte Aufgabe und die folgenden Worte wollte er seit damals niemals wieder sagen müssen: „Er ist wieder da. Brock versucht erneut, die Menschen und alles Leben zu zerstören. Wir müssen uns auf Krieg mit dem Bösen vorbereiten. Und er wird hässlich werden. Aber wir haben bessere Waffen als damals. Und wir konnten es auf Lunar noch verhindern, dass Brock an die Schatulle kommt. Die Schlacht an der Grotte haben wir gewonnen, trotz unserer großen Verluste. Das wird ihm nicht gefallen und sein nächster Angriff wird nicht weniger grausam werden."

Alle sprachen nun aufgeregt durcheinander. Viele der Nordmänner hatten unglaublichen Mut. Aber gleichzeitig eine unsagbare Angst um ihre Familien und ihre Heimat. So lange Zeit war Frieden. Sie hatten fast vergessen, wie überraschend und schrecklich das Böse sein konnte. Das Leid und die Zerstörung, die Brock schon einmal hinterlassen hatte, war in ihren Gedanken für alle Ewigkeit eingebrannt und kam jetzt wieder zum Vorschein.

Falkarr war bei der Lichtung angekommen und völlig erschöpft. Auf dem schönsten Platz auf Farw war nichts zu spüren von den ganzen Ereignissen der letzten Tage. Wie gut ihm die sanfte Morgenröte tat. Hier, in der aufsteigenden, wohligen Wärme würde er schnell zu Kräften kommen und bald seinem Herrn die so wichtigen Nachrichten überbringen. Er ließ sich auf einem hohen Ast nieder und schloss für einen kurzen Moment seine müden Augen. Nur einen Augenblick später schreckte ihn etwas auf. Er hörte ein Flattern. Und dann erkannte er sie am Himmel. Es waren drei Krähen. Sie mussten ihm die ganze Zeit gefolgt sein. Nur seiner Schnelligkeit war es zu verdanken, dass sie ihn nicht schon früher eingeholt hatten. Plötzlich traf ein Sonnenstrahl sein Gefieder und eine der Krähen entdeckte ihn. Sie griffen sofort an! Er war zwar schnell, aber gegen drei dieser fliegenden Monster hatte er kaum eine Chance. Sie würden ganz sicher versuchen, ihn zu Boden zu bringen. Dann könnte eine sich wandeln und er war so gut wie tot.

Noch gedanklich nach einer Möglichkeit suchend bemerkten seine angespannten Sinne ein anderes Geräusch. Dieses Mal war es ein vertrautes! Karon...es musste Karon sein! Sein Bruderfalke war der stärkste und größte unter ihnen! Er kam aus dem Hinterhalt und stürzte sich auf eine der Krähen. Seine scharfen Krallen gruben sich in ihr Gefieder und sie krächzte schmerzerfüllt und laut auf. Die zweite Krähe wollte dazwischen und alle drei fielen rasend schnell zu Boden. Die dritte Krähe hatte Falkarr fast erwischt. Aber auch er konnte sich verteidigen. Nach einem gezielten Stoß mit dem Schnabel in Richtung Auge schrie die Krähe auf und wollte fliehen. Karon wehrte sich noch immer in der Luft. Er wollte auf keinen Fall weiter zu Boden gerissen werden. Er griff die bereits verletzte Krähe mit einer solchen Wucht an, dass sie mit einer tödlichen Wunde auf der Erde aufprallte. Die zweite und dritte Krähe taten nun alles, um irgendwie zu flüchten. Sie wussten, dass die Falken stark waren. Und zum Wandeln würde ihnen gegen *zwei* Falken nicht genügend Zeit verbleiben. Karon war zu mächtig. Er ließ es nicht zu. Er hackte mit einem kurzen Hieb der Krähe in den Nacken und half Falkarr, auch die letzte von ihnen auszuschalten.

Nach einem kurzen Verschnaufen erzählte Karon seinem

Bruderfalken, dass Retarr und nur ein paar wenige Krieger *unverletzt* zu Hause angekommen waren. Viele andere Kämpfer konnten im letzten Moment überleben und ihre kleineren Wunden wurden bereits versorgt. Retarr hatte eine Versammlung einberufen, als Karon sich nach seinen Worten sofort auf den Weg machte, ihn, seinen Bruder, zu suchen. Falkarr atmete immer noch schwer. Auch er hatte zu berichten und Karon konnte es fast nicht glauben. „Das Böse ist hier bei uns! Im Norden...in der größten Höhle hat er sich verschanzt. Inzwischen herrscht eisige Kälte dort. Isol und Ankar haben sich in eine der kleineren Höhle retten können und schweben dort jetzt in größter Lebensgefahr!"

Karon überlegte nur kurz. „Bleib Du noch einen Augenblick hier und komme zu Kräften. Ich fliege vor und werde berichten, falls Du mich nicht doch noch einholen solltest." „Danke Bruder!" Falkarr beschwor ihn. „Beeile Dich! Ich konnte noch sehen, dass Hylar bereits deren Fährte gewittert hatte!"

Die Entdeckung

Drakarr war so gerne zwischen den Monden unterwegs. Er liebte es am Tag, aber auch in der Nacht, zu fliegen. Er mochte die Sonnenaufgänge und auch die Sterne, die ihm das Gefühl von Schutz durch seine vielen Vorfahren gaben. Aber *dieses Mal* hatte er ein *ungutes* Gefühl. Er schaute sich nicht um, er wollte nur schnell sein und seinen Sohn finden. Er spürte gleichzeitig Wut, Angst und eine Art von Ohnmacht, weil er die Situation unterschätzt hatte. Wie konnte er sich immer nur so sicher sein, seinen Sohn für alle Zeiten vor der ganzen, schrecklichen Wahrheit beschützen zu können. Thumar war in Sicht. Mit seinen großen Schwingen war das letzte Stück ein Kinderspiel für ihn. Aber auch er hatte einen Teil seiner Kraft eingebüßt bei den Kämpfen vor der Grotte des Lichts. Viele Krähen hatten versucht, ihn zu umzingeln und von allen Seiten zu attackieren. Er konnte die meisten abwehren. Sie waren zu klein und schwach, um ihn ernsthaft zu verletzen. Aber ihr permanentes Angreifen sorgte dafür, dass er sich nicht genug konzentrieren konnte, um diejenigen von ihnen am Boden zu vernichten, *bevor* sie auf die Menschen und Feen trafen.

Aber jetzt war Darrcon viel wichtiger als die vielen kleinen Verletzungen in seiner dicken Drachenhaut. Zumindest Barrnon war in guten Händen. Die Feen würden ganz sicher alles tun, um sein Leben zu retten. Drakarr war gelandet. Nicht weit weg von der Stelle, wo die Flamme von Thumar aufbewahrt wurde. Hier wollte er Darrcon zuerst suchen. Er schaute sich nach allen Seiten um. Brock war immer wieder ein weiterer, neuer Hinterhalt zuzutrauen! Das wusste keiner besser als Drakarr selbst! Langsam und in höchster Anspannung näherte er sich dem Eingang der Höhle. Darrcon war nirgends zu sehen. Die Sorge machte sich breit in seinem großen Drachenherz. Wo könnte sein Sohn sonst sein? Es war sehr unwahrscheinlich, ihn zu Hause anzutreffen, aber ein kleiner Hoffnungsschimmer war da. Schließlich hatte wohl jeder den lauten Knall gehört, als das Lichtschloss brach und die Flamme von Thumar gestohlen wurde. Er breitete seine Schwingen aus als plötzlich...

„Warte!" Drakarr drehte ruckartig den Kopf und entdeckte sie hinter einem Felsen. Sie hatten sich so klein geduckt, dass er sie nicht bemerkt hatte. Der Wind wehte in ihre Richtung, und so konnte er sie nicht vorher schon wittern. Er kannte die Beiden! Vorsichtig näherten sie sich. Drakarr senkte seine Schwingen und streckte den Kopf in ihre Richtung. Serrcon war zwar der jüngere von Barrnon´s Söhnen, aber er hatte den Mut seines Vaters. Auch wenn sie den Vater von Darrcon nicht so oft zu sehen bekamen, sie *mussten jetzt* zu ihm. Sie konnten nicht wissen, was er tun würde. Ein kurzes Feuerspeien, und sie wären Geschichte. Serrcon versuchte es zuerst. Als Drakarr eine erste, vorsichtige Berührung zuließ, entspannte sich auch Farrnon. Sie berichteten ihm, dass sie aus der Ferne alles mit ansehen mussten. Sie beteuerten, dass sie alleine Darrcon nicht helfen konnten. Sie waren nur zu zweit und gegen so viele Krähen waren sie machtlos. Sie hatten sie nur von den Erzählungen ihres Vaters gekannt aber diese furchterregenden

Gestalten übertrafen ihre Fantasie bei Weitem! Sie konnten sich nur verstecken und versuchen, unbemerkt zu bleiben...was ihnen nur durch die günstige Windrichtung gelungen war. Aus Angst, die Krähen würden wieder kommen, blieben sie noch lange in ihrem Versteck. Sie wollten einfach überleben. Gerade als sie den Mut aufbrachten, nach Hause aufzubrechen, sahen sie Drakarr näher kommen. Sie warteten und hofften mit ihm zumindest eine bessere Verteidigung zu haben, falls diese Kreaturen doch noch irgendwo lauern würden.

Drakarr war wütend! Sein Herz brach, als er es hörte. „Nein!!! Nicht auch noch mein Sohn!" brüllte er verzweifelt. „Brock, das wirst Du büßen! Und wenn es das letzte ist, was ich tue. Ich werde Dich vernichten!!" Sein Kummer war schier unerträglich und die Angst des Vaters um seinen Sohn war nie größer. Eine heiße Flamme kam aus seinem Schlund.

Barrnon´s Söhne wollten ihn beruhigen. Dieses Mal legte Farrnon mit all seinem Mut die Hand auf Drakarr´s Seite. Die Nüstern des Drachen waren immer noch gebläht, aber langsam ließ er die weitere Flamme erlöschen. Er brauchte klare Gedanken. Nur ein ruhiger Drachenkopf und ein guter Plan konnte seinen Sohn vielleicht noch retten. Plötzlich entdeckte er es. Am Eingang hinter einem Stein lag ein Stück Netz. Überall waren dort schwarze Federn verstreut. Eine Kralle seines Sohnes hatte sich wohl verfangen und es zerrissen. Was hatten diese Monster nur mit Darrcon gemacht? Drakarr hoffte wieder. Wenn Darrcon bereits der Dunkelheit gehören würde, hätten sie wohl kaum ein Netz gebraucht! Brock hatte sicher andere Pläne...

„Wir haben es gesehen Drakarr!" Serrcon bestätigte es. „Sie

haben Darrcon nicht getötet! Er wurde auch nicht mit dunkler Magie vergiftet! Sie haben ihn nur gefangen genommen und eilig weggebracht!" erklärte Farrnon ruhig. „Was sollen wir tun Drakarr?" Serrcon und Farrnon mochten Darrcon sehr, auch wenn er sie immer wieder auf´s Neue überlistet hatte.

Drakarr überlegte nur kurz. Er würde auf keinen Fall Barrnon´s Söhne hier alleine lassen. Sie konnten nichts dafür, was geschehen war. Außerdem waren sie gute Kämpfer und sechs Augen sehen mehr als zwei. Niemals vorher ließ Drakarr jemand Anderen als Barrnon auf seinen Rücken. Aber heute würde er es tun! Er neigte seinen massigen Körper und deutete an, was er vorhatte. Serrcon und Farrnon schauten sich kurz verwundert an, aber keine Sekunde später waren sie bereits auf Drakarr´s Rücken. „Osbur ist der nächste Mond" sprach er. „Hier können wir nichts mehr tun. Wir fliegen zu Eurem Onkel Karracx!"

Naransorr's Heer

König Naransorr war wieder auf Terrar. Er hatte auf Lunar Allen *vor ihrem Aufbruch zurück in die Heimat* Anweisungen gegeben. Von seinem Vater hatte er gelernt, immer auf der Hut und jederzeit auf das Böse vorbereitet zu sein. Terus hatte schon immer das Dunkle gefürchtet und deshalb in alten Zeiten viele Vorkehrungen getroffen. Immer wieder zweifelte der damalige König an der Widerstandskraft der Menschen. Hass, Gier und Neid waren starke und unberechenbare Empfindungen seit Brock sie gepflanzt hatte. Terus vertraute nur Wenigen seine Vorkehrungen an. Falls das Böse sich jemals wieder manifestieren sollte, könnten sich die meisten Bewohner in die geheimen Katakomben unter dem Schloss in Sicherheit bringen und dort einige Zeit bleiben, ohne entdeckt zu werden.

Als kleiner Junge war Naransorr oft mit seinem Vater dort. Er lernte sehr früh, dieses Geheimnis gut zu hüten und zu schätzen. Inzwischen war er selbst König und vermisste die wertvollen Ratschläge seines Vaters.

Terus hatte schon damals *vor* der großen Schlacht starke Waffen schmieden lassen. Aber durch Salixia wurden *nach* der großen Schlacht neue und bessere in die Katakomben gebracht.

Naransorr selbst überwachte diese Vorkehrung und nur Thorass, sein Freund und Vertrauter wusste davon. Damals hoffte der König noch, diese Waffen niemals benutzen zu müssen. Er dachte an seine Zukunft und an seine Königin...

Lana...Naransorr hoffte so sehr, dass es ihr gut gehen würde. Er wünschte sie sich schnell zurück an seine Seite. Es war nicht nur Liebe, die er für sie empfand. Er war stolz auf sie und sah sie oft mit Ehrfurcht an. Ihre Magie und Stärke, die nur eine Fee mit sich brachte, würde gegen das Böse eine große Rolle spielen! Jede Faser von Naransorr vermisste sie und ihre Nähe. Sie war so wunderschön und strahlte zusätzlich ihre *innere* Schönheit und Kraft nach außen aus. *Und* sie war die Mutter seines ersten Sohnes. Der kleine Prinz war wohlauf. Die Amme hatte sich gut um ihn gekümmert. Auch auf Thorass konnte sich Naransorr verlassen. Er war immer sofort zur Stelle. Neben großem Vertrauen verband sie eine tiefe Freundschaft. Als Naransorr vor Tagen aufbrach zu dieser wohl wichtigen Versammlung war er angespannt. Er fühlte, dass irgendetwas Wichtiges passiert sein musste. Warum wurde er nur das Gefühl nicht los, dass es dieses mal *etwas Anderes* war als damals die Geburt des Königssohnes. Er konnte sich immer auf sein Bauchgefühl verlassen und beauftragte Thorass, die Menschen in Sicherheit zu bringen, sobald er auf dem Weg nach Lunar war.

Als Thorass hörte, wie das Schloss auf Thumar brach, waren die meisten Menschen schon in den Katakomben. Die beiden Söhne von Thorass kümmerten sich seit seiner Geburt liebevoll um den kleinen Prinzen. Ihn, seine Amme und seine beiden Söhne waren die ersten, die Thorass zu den Katakomben brachte. Nun wussten auch sie von den geheimen Gängen und kannten den Weg. Jetzt konnten sie zu dritt und nacheinander alle weiteren Bewohner und Familien aufsuchen und führten sie mit dem nötigsten Hab und Gut schnell in die sichere Unterkunft unter dem Schloss. Nur Merlon war nicht da. Aber das konnte warten. Als Magier konnte er sich schnell selbst in Sicherheit bringen, falls es notwendig war. All diese Entscheidungen sollten sich bald als klug erweisen. Thorass hielt eine kurze Ansprache und bat jeden Einzelnen, sich möglichst ruhig zu verhalten. Ihr König würde bald zurück sein und diese Maßnahme war nur zur Vorsorge und zu ihrer Aller Sicherheit. Er strahlte wie so oft eine unvergleichliche Ruhe aus und genau das war wichtig in dieser Situation. Niemand stellte etwas in Frage. Gemeinsam warteten sie nun auf die Rückkehr von Naransorr.

Als Thorass wenige Tage später die vereinbarten Klopfzeichen hörte, sie wiederholte und sie erneut erwidert wurden, öffnete er das Schloss und entriegelte von innen die hintere massive Holzwand eines alten Eichenschranks, der den Eingang seit langer Zeit verborgen hatte. Er und der König waren beide erleichtert, sich zu sehen. Thorass hatte am Tag zuvor bei seiner Wache an der Tür gehört, wie jemand leise das Schloss betrat. Aber er hielt sich an die klaren Anweisungen seines Königs. Die Bewohner waren einige Meter entfernt am Ende des verwinkelten Ganges. Sie hielten sich in vielen, kleinen Nischen auf und in der Mitte davon war ein großer Raum mit Fackeln. Dort war es hell und warm, der Boden war mit Brettern aus Holz und Teppichen darauf ausgelegt. In den einzelnen Nischen machten samtene Vorhänge es erträglich. Von hier drang kaum ein Geräusch bis an die schwere Eingangstür. Der alte König hatte an alles gedacht. Naransorr war sehr dankbar, dass Alle unversehrt und hier in den

Katakomben geblieben waren. Das Böse konnte bereits überall sein. Sie mussten noch weiter ausharren. Ein Krieg stand bevor und besonders die Kinder und ihre Mütter benötigten den besten Schutz. Naransorr füllte gemeinsam mit Thorass und seinen Söhnen weiter die Vorräte auf. Das würde nun für viele Tage reichen. Er informierte die Bewohner, deren Sorge in ihren Gesichtern zu lesen war. Einige von ihnen hatten ein hohes Alter erreicht und erinnerten sich noch gut an die Schreckenstaten von damals. Doch jetzt mussten sie die Ängste vertreiben und gemeinsam Vorbereitungen treffen. Sie mussten sich mit all den anderen Menschen und Lebewesen zusammenschließen und eine gemeinsame Front bilden. Die Söhne von Thorass und die Krieger, die Naransorr nach Lunar begleiteten, machten sich auf den Weg zur Waffenkammer. Sie brachten die Schwerter so schnell sie konnten in die vordere Halle des Schlosses. Noch war alles ruhig. Trotzdem war jeder wachsam. Fünf von ihnen schickte Naransorr zurück. Thorass, seine Söhne und zwei weitere Krieger hatten die Aufgabe, die Bewohner und den Prinzen weiter zu beschützen und wenn nötig, die Katakomben und den geheimen Fluchtweg *hinaus in den Wald* bis zum Ende zu verteidigen.

In der Halle waren nun Naransorr und all seine starken Kämpfer versammelt. Er machte ihnen Mut und ergriff das Wort: „Meine Männer, *diese* Waffen sind stärker als das Böse! Sie halten es von Euch fern. Sie sind nicht wie Eure Waffen bei der Schlacht auf Lunar. Habt Mut und Vertrauen! *Diese* hier sind *die* Schwerter, die alle Krähen bei der kleinsten Berührung zu Staub zerfallen lassen! Heute und hier sind wir besser vorbereitet. Wir werden dem Dunklen die Stirn bieten!" Erleichterung ging durch die Menge aller Kämpfer. Niemand gab dem König die Schuld an der Schlacht vor der Grotte.

Keiner konnte wissen, was dort auf sie zugekommen war. Sie hatten *alle nur ihre eigenen Waffen* dabei. Im nächsten Moment öffnete sich die große Eingangstür und alle blickten sich erschrocken um. Die Königin war da. „Lana!" Naransorr war überglücklich, sie unversehrt zu sehen. Er schloss sie kurz in seine Arme. Sie hüllte das gesamte Schloss mit ihrem Licht ein, *bevor* sie es betrat. Das Böse konnte nicht mehr eindringen. Dann verkündete sie laut die guten Nachrichten von Barrnon, und berichtete weiter über Efania und ihre List. Naransorr fiel ein großer Stein vom Herzen. Sie lebten! Beide! Das konnte in den kommenden Kämpfen ihre beste Karte sein. Mit ihrer gemeinsamen Kraft und dem Licht von Lunar waren sie stärker, als Brock es vermuten würde. Ja...Brock hatte seine Krähen, sie waren furchterregende Gestalten und sicherlich hatte er viele davon . Aber jetzt regte sich noch mehr Hoffnung. Sie hatten die Möglichkeit, ihn mit aller Macht zu überrumpeln. Genau wie damals war *das* der Schlüssel! Wenn alle Lebewesen nur eng zueinander standen , konnte das Böse besiegt werden!

Naransorr fühlte es. Er hatte auf Terrar ein riesiges Heer! Und er wusste, was seine Krieger *und alle anderen* gemeinsam mit ihren Waffen für eine Macht besaßen. Mut und Zuversicht waren *genauso starke Gefühle* wie Hass, Gier und Neid! Nein! Sie waren stärker, wenn *jeder einzelne* sie jetzt nutzte! Es gab noch viel zu tun. Lana kümmerte sich um die Glasflaschen mit dem Licht von Lunar. Sie füllte sie in viele kleinere ab. Durch das Schutzlicht von Lana konnten die Krieger noch ein letztes Mal zu ihren Familien in die Katakomben zurück und sich stärken. Bald würden auch Barrnon und Drakarr wieder vereint sein. Zusammen mit Efania und den Feen an der Spitze bildeten sie eine riesige Streitmacht! Und sie waren bereit!

Die Boten von Farw

Karon kannte seinen Bruder gut. Seine Einschätzung traf kurz vor dem Ziel ein. Falkarr war heute nicht nur schnell. Er war auch voller Sorge. Die Mission war lebenswichtig und er hatte nicht vor, sich lange auszuruhen. Bald flog er neben Karon und zusammen erreichten sie endlich die Hallen von Farw.

Retarr sprach gerade zu seinen Kriegern, als die beiden Falken am großen Fensterbogen eintrafen. Retarr hörte den Flügelschlag und spürte sofort, dass sein Beschützertier in der Nähe war. Er schaute nach oben und war erleichtert, Falkarr und auch dessen Bruderfalken zu sehen. Völlig erschöpft landete Falkarr auf seinem Arm und Karon vor ihm sanft auf dem Boden. Beide waren immer noch außer Atem. Sie brauchten einen kurzen Moment, bevor sie berichten konnten. Als sie von Isol und Ankar erzählten, waren alle Anwesenden entsetzt. Und ihre Entdeckung im Norden verursachte hektische Fragen unter den Kriegern. Retarr versuchte ruhig zu bleiben. Das war nicht einfach, besonders weil auch *seine* Sorgen um Morrja wuchsen. Er reagierte schnell. Er befahl vier von seinen besten Kämpfern, die schnellsten Pferde zu holen und sofort los zureiten. Er übergab ihnen wertvolle Medizin aus Kräutern und zwei warme Decken, die sie mitnehmen sollten. Bevor sie hier weiter beratschlagen würden, müsste zuerst das Leben der Wächter gerettet werden. Er selbst durfte hier jetzt nicht weg und hoffte sehr, dass auch Morrja, Xenara und Merlon noch leben würden. Aber er konnte Brock nicht überhastet alleine mit seinen wenigen Männern im Norden überfallen. Und nach Allem, was Falkarr gesehen hatte, musste er fest daran glauben, Morrja und die anderen bald lebend vorzufinden.

„Wartet!" Einer der Ältesten stand auf. „Nehmt diese Flasche mit. Ein dichter, magischer Nebel ist in ihr verschlossen. Wir haben ihn lange Zeit aufbewahrt und auf den besten Zeitpunkt gewartet, ihn einzusetzen. Mit etwas Glück könnt ihr ihn in einem günstigen Moment frei lassen und dadurch unentdeckt mit Isol und Ankar entkommen.

Retarr nickte. „Ich danke Euch. In diesen Zeiten müssen wir alles tun, um uns für die Konfrontation mit dem Bösen zu wappnen." Und zu den Reitern sagte er: „Seid vorsichtig und haltet trotzdem überall Eure Augen und Ohren offen.. Ein Falke wird Euch zusätzlich begleiten. Vielleicht könnt ihr erfahren oder sehen, was Brock vor hat oder was dort im Gange ist. Eilt Euch und kommt bald mit Isol und Ankar unverletzt zurück. Ich hoffe bis dahin auf Unterstützung von den anderen Monden und von Terrar. Falkarr und Karon...erholt Euch nun ein wenig. Wir brauchen Eure Hilfe bald erneut. Du Falkarr, mein treuer Freund, fliegst nach Terrar. Du schaffst die weite Strecke am schnellsten. Und Du Karon, mein starker Falke, flieg nach Thumar, sobald du wieder bei Kräften bist. Suche Drakarr und finde heraus, ob mein Bruder noch lebt. Wir müssen nun Alle vereinen und unsere Streitmacht bündeln. Sonst ist alles Leben hier auf Farw verloren!"

Eine Stunde später machten sich die Falken ausgeruht auf den Weg nach Terrar und Thumar.

Die Gier nach Menschenfleisch

Sie wusste ganz genau, was das für ein Geruch war! Hier waren vor kurzem Menschen gewesen! Als Hylar niemanden finden konnte hatte sie vor Wut die Menschenbehausung sofort in Schutt und Asche gelegt. Sie hätte sie so gerne hier an Ort und Stelle verspeist! Aber sie *würde* sie noch finden! Der Duft nach Menschenfleisch blähte ihre Nüstern. Sie stieg in die Lüfte und flog Runde um Runde, um etwas zu sehen. Sie waren nirgends zu entdecken. Sie *mussten* sich versteckt haben. Vielleicht hatten sie sich vor Angst irgendwo verkrochen. Wieder am Boden witterte sie endlich eine frische Spur. Sie sind zu den Höhlen unterwegs...dachte sie aufgeregt. Ein dunkles Grollen kam aus ihrer Kehle. Bald, sehr bald würde sie die Menschen finden! Wie konnten sie nur so dumm sein, sich in der Nähe von Brock zu verstecken. Selbst wenn sie vor *ihr* geflüchtet waren, der Dunkle würde sie ihr ganz sicher als Futter überlassen. Falls er sie denn *zuerst* in seine Hände bekam. Hylar fand schließlich, dass sie nach ihrem wertvollen Fund auf jeden Fall eine Belohnung verdient hatte!

Isol war bereits bewusstlos. Ankar hüllte sie mit zitternden Händen immer enger in die einzige Decke, obwohl er selbst kaum noch in der Lage war, zu denken. Er war so müde. Keine Kraft mehr...waren seine letzten Gedanken und dann schloss auch er seine Augen.

Nicht mehr weit...wo seid ihr? Hylar´s Körper vibrierte vor Gier und Aufregung. Gleich...gleich habe ich Euch!

Die Lichter von Lunar

Sie waren das hellste Licht im Universum! Die Lichter von Lunar waren einzeln so strahlend wie alle Sterne der Nachthimmel zusammen. Immer und immer wieder wurden sie vom Lebensbaum geschenkt. Am Ende jedes einzelnen Zweiges funkelten die wunderschönen Kristalle. *Nur mit Hilfe des blauen Goldes* bildeten sie sich von Neuem. Wenn der Baum genug Kristalle hatte, sprühten Funken wie Millionen von kleinsten, tanzenden Feenwesen. Und wer ganz genau hinhörte, bemerkte ein leises, helles Klingen im Wind. Alles war so leicht und federnd und doch waren diese Kräfte von unvorstellbarer Stärke und Macht. Wer sich diese Energie auch immer zu Nutze machte, hatte alles Leben in seinen Händen!

Die Ur-Ahninnen bewachten den Lebensbaum seit Anbeginn der Zeit. Auf Lunar wussten Viele von seiner Heilkraft und der Wirkung der Lichter. Aber kaum jemand kannte das Geheimnis des blauen Goldes. Es war der Schlüssel *allen Lebens. Ohne das reine Wasser von Lunar* würde kein Mond und kein Planet lange weiter bestehen.

Efania betrachtete oft das Geschehen mit Demut und Dankbarkeit. Sie hoffte so sehr, dass dieser Baum niemals sterben oder gar zerstört werden würde. Mit Magie und diesen

Lichtern wurde die weiße Stadt Lorrja errichtet. Die Kristalle schmückten viele Wege und erhellten sie in der Nacht. Die Stadt erstrahlte in ihrem reinen Weiß wie keine andere auf ganz Lunar. Hier hatte Efania ihr Zuhause und sie liebte diesen Ort genauso wie die Umgebung des Lebensbaumes. Ganz in ihrer Nähe lebten zwei ihrer inzwischen engsten Verbündeten. Es war ein Geschenk für sie, Gardia und auch Arina in ihrer Nähe zu wissen. Direkt hinter der großen Halle, in der Efania wohnte, hatte Gardia ihr wundervolles Heim. Und unterhalb des großen Versammlungsplatzes vor der Halle lebte Arina in ihrem ebenfalls liebevoll eingerichtetem Zuhause. Eristin, Ilkarri und Gamarra lebten jedoch etwas weiter entfernt von Efania. Auch sie waren auf eine ganz eigene Art sehr eng mit Efania verbunden. Aber *ihre* Heimat war in der Nähe des Lebensbaumes. Ganz gleich, wo und mit wem Efania ihre Zeit verbrachte, die gemeinsamen Stunden waren immer etwas Besonderes. Sie schätzte *jede Einzelne* ihrer Verbündeten sehr und würde keine von ihnen missen wollen. Bald würden sie sich *alle* treffen. Die Umstände dafür hätten allerdings bessere sein können...

Efania war kurz abgelenkt von ihren Gedanken an diese mutigen Feen. Aber jetzt war sie wieder ganz hier beim Lebensbaum! Sie und die Ur-Ahninnen waren bemüht, alle Kristalle in die einen und die reifen Samen der Blüten in die anderen Flaschen zu füllen. Die Kristalle waren *die* Waffen, um die Dunkelheit abzuwenden. Aus den Samen jedoch wurde zusammen mit dem blauen Gold das stärkste Elixier hergestellt um alle Wunden zu heilen. Aber heute war etwas anders! *Ein Mensch* war hier und half ihnen bei der Ernte! Es war das erste Mal, das *menschliche* Füße an den Baum herantreten durften. Es war das erste Mal, dass *menschliche* Hände ihn selbst, die

173

Kristalle und die Samen anfassen durften! Aber dieser Mensch war nicht *irgendein* Mensch!

Barrnon hatte alles im Blick. Sie kamen gut voran. Bald würden sie die gesamte Ernte zur großen Halle nach Lorrja bringen. Sie mussten unbedingt schnell weg vom Lebensbaum, um ihn und diesen Ort zu schützen. Beim Versammlungsplatz hatten sie die besten Möglichkeiten, sich zu verteidigen, falls Brock erneut zuschlagen würde. Barrnon fühlte trotzdem große Angst. Die ganze Situation mit dem Bösen hatte ihm Efania gerade erst näher gebracht, aber es konnte sie ihm auch wieder nehmen. Barrnon selbst ging es inzwischen wieder gut. Efania auch. Aber von seinen Söhnen Farrnon und Serrcon hatte er immer noch nichts gehört. Und Drakarr war womöglich zurückgeflogen nach Thumar. Auch er hatte einen Sohn und Barrnon spürte, dass sie beide die gleichen Sorgen und Gedanken teilten. Sowohl er als auch Drakarr würden ihre Söhne fürchterlich rächen, wenn der Dunkle ihnen auch nur *ein* Haar gekrümmt hätte!

Die Spitze des Heeres

Die Aufregung war überall zu spüren. Karracx hatte alle Krieger auf Osbur zusammen gerufen. Er dachte oft an seinen großen Bruder. Wie würde es ihm gehen? War er noch am Leben? All seine Hoffnung lag in den Händen dieser Königin Lana. Immer wieder musste er an den schrecklichsten Moment der Schlacht denken. Als der Pfeil Barrnon traf, blieb auch *sein* Herz fast stehen. Aber Karracx trug die Verantwortung für Osbur und seine Bewohner. Er *musste* einen klaren Kopf behalten, um wichtige Entscheidungen treffen zu können.

Brumarr war die größte und stärkste Waffe an der Seite seines Herrn, ein inzwischen stattlich gewachsener Braunbär! Er war auf Osbur das Beschützertier von Karracx. Auch sie konnte niemand trennen, ohne Gefahr zu laufen, verletzt zu werden. Brumarr war von Natur aus ein eher ruhiger Geselle. Er war besonders liebevoll und mochte es, herumzualbern. Trotz seiner riesigen Größe war Brumarr immer noch verspielt. Am liebsten verbrachte er die Zeit mit Karracx und Xenara gemeinsam beim Angeln. Sie waren so gerne am Wasser. Lachse zu erwischen und anschließend zu verspeisen war das Größte für ihn. Die Natur auf Osbur war sehr reichhaltig...durch die Vegetation war der Nachschub an verschiedenster Nahrung unermesslich.

Nicht weit von ihrem Zuhause entfernt waren die Quellen des blauen Goldes. Vor langer Zeit wurden hier Kristalle von Lunar für ihre Entstehung benutzt. Das erzählten ihnen die alten Geschichten aus den Büchern von Osbur. Ein großes Geheimnis war damit verbunden, das niemand der Menschen kannte. Etwas Magisches schwebte über dem Ort der Quellen. Sie wollten ihn für alle Zeit beschützen! Wie konnte es nur dem Bösen gelingen, sich dieses Elementes zu bemächtigen? Brumarr war nicht nur stark, er war auch der wachsamste Wächter. Es gab nur eine Möglichkeit! Er wurde betäubt oder sogar vergiftet! Karracx ahnte die Wahrheit.

Die schwarz glänzende Krähe konnte sich durch ihre Magie unbemerkt heranschleichen. Sie wusste genau, wie sehr der Bär Lachs liebte. Eine gute Portion Gift würde ihn lange genug ausschalten. Und wenn es zu viel war...was machte das schon.

Brumarr schlummerte an diesem Tag nur vor sich hin und war einfach nicht derselbe. Die Kräuter hatte Karracx ihm vorsorglich eingeflößt aus Sorge, dass sein Freund ohne die Tinktur nicht wieder aufwachte. Brumarr war zu groß für die Menge des Giftes! Es war nur ein kurzer, tiefer Schlaf aus dem er endlich benommen erwachte. Die Kräuter halfen schnell. Aber Brock hatte das Wasserelement nun in seinen Händen! Als Karracx von Lunar zurückgekommen war, wusste er bereits, dass das Böse überall auftauchen konnte. Er blickte zu seinem Freund und streichelte ihn. „Wie gut Brumarr, dass sie Dich nicht getötet haben, so wie den Wächter von Lunar."

Augenblicke nach seiner Berührung erhob sich Brumarr und sein inneres Raubtier kam zum Vorschein. Er fühlte die Gedanken von Karracx und stellte sich in seiner ganzen Größe auf. Er ließ seine andere Seite zu. Er *musste* es zulassen. Karracx wusste, dass sein Freund mit einem einzigen Hieb seiner riesigen Tatzen Schneisen in das Krähenheer schlagen würde. Das spielerische Brummen von ihm explodierte geradezu in einer einzigen, lauten Kampfansage von Gebrüll. Die Krieger waren froh, ihn auf ihrer Seite zu wissen. Karracx kannte Brumarr genau. Trotz dieser unbändigen Kraft und Wut würde er keinem einzigen *Menschen* im Kampf eine Verletzung zufügen!

Gerade, als Karracx sprechen wollte, hörten sie einen lauten Flügelschlag. War das der Feind? Sollten sie hier nun ihr Ende finden? Brumarr grummelte tief. Alle erschraken vor dem riesigen Schatten, der sich schnell näherte. Dann war Karracx erleichtert. „Beruhigt Euch. Es ist nicht Hylar. Es ist der Drache meines Bruders!" Aber wieso war Drakarr hier? Karracx bekam plötzlich Angst, dass er schlechte Nachrichten von Barrnon bringen würde. Würde er jemals seinen Bruder wiedersehen? War er vielleicht doch seiner schweren Verletzung erlegen? Er fühlte wieder den gleichen Stich in seiner Brust wie bei der Grotte.

Drakarr kannte Karracx bereits als kleinen Jungen. Sie hatten viel Zeit miteinander verbracht, bevor Barrnon und seine zwei Söhne ihre neue Aufgabe auf Thumar bekommen hatten. Karracx vermisste sie Alle schrecklich. Drakarr kam näher. Karracx erkannte jetzt erst, dass er nicht alleine geflogen war. Waren das nicht seine Neffen auf dem Rücken des Drachen? Sie lebten! Karracx war glücklich, sie wohlauf zu sehen. Sie hatten sich verändert. Sie waren erwachsen geworden. Drakarr landete direkt vor ihm. Die versammelten Menschen standen alle in gebührendem Abstand hinter Karracx. Die wenigsten hatten den Drachen vorher in seiner ganzen Größe und *so nah* gesehen! Über Barrnon erhielt Karracx nicht die ersehnten, guten Neuigkeiten. Er musste genauso wie Drakarr selbst weiter das Beste hoffen.

Nachdem sie sich begrüßt hatten, tauschten sie gemeinsam mit Drakarr ihren Wissensstand aus. „Wir müssen unbedingt schnellstmöglich zu Retarr und alles mit ihm besprechen!" sagte Karracx.

Plötzlich war da ein weiteres Geräusch am Himmel. Es war ein Falke! Er konnte nur von Retarr geschickt worden sein. Sie fühlten sich auf Farw am wohlsten. Das wusste Karracx. Durch die Falken war er immer in Kontakt mit seinem Bruder. Ständig wurden kleine Botschaften ausgetauscht. Doch dieses Mal schien der Falke sehr aufgeregt und wirkte gleichzeitig erschöpft. Es war Karon und er war völlig am Ende. Was hatte dieses Tier wohl durchgemacht? Karon berichtete sogleich, dass er auf Thumar war und mit den Bewohnern gesprochen hatte. Niemand von ihnen wusste, wo Drakarr oder Barrnon geblieben waren. Selbst bei der Aufbewahrungsstelle der Flamme konnte er nur schwarze Federn und Kampfspuren entdecken. Deshalb hatte er den direkten Weg nach Osbur gewählt, um keine weitere Zeit zu verlieren und war erleichtert, Drakarr hier zu sehen. Er musste ihn um Minuten auf Thumar verpasst haben.

„Wir müssen sofort aufbrechen!" Karracx gab schnell Anweisungen an die Ältesten und die Krieger. Der Krieg würde wohl noch schneller kommen als erwartet. Er hoffte auf Naransorr's rechtzeitiges Eintreffen, sofern Falkarr Terrar erreicht hatte. Drakarr sollte ihre Gruppe als Verstärkung begleiten: „Du musst auf die Kraft der Feen vertrauen. Sie werden meinen Bruder retten. Komm mit uns nach Farw zu Retarr." Sie würden Drakarr´s Kraft und Hilfe dort mehr benötigen.

„Auch Efania´s Heer wird dort dringend gebraucht! Und glaube mir Drakarr...Dein Sohn lebt ganz sicher noch. Brock will ihn ganz bestimmt gegen uns benutzen! Die besten Möglichkeiten, ihn zu befreien, werden wir als großes Heer zusammen haben! Karon, Du musst Dich ausruhen, mein Freund. Aber nicht zu lange. Wenn Du wieder zu Kräften gekommen bist, flieg Deinem Bruder nach. Du wirst es schaffen! König Naransorr soll Nachricht nach Lunar senden und Alle Krieger von dort zusätzlich mit ihren besten Waffen nach Farw kommen lassen. Beeilt Euch Alle! Lasst uns gleich aufbrechen!"

Die Frauen der Nordmänner

„*Wartet!*" Eine kräftige Frauenstimme mischte sich unter die der Krieger. Eine der mutigsten Kriegerinnen von Osbur hatte alle kampfwilligen Frauen zusammengerufen und sie kamen schwer bewaffnet gerade an, als die Männer aufbrechen wollten. „Die Frauen hier von Osbur haben *seit jeher hinter* ihren Männern gestanden! Ihr *könnt nicht ohne uns* in den Krieg ziehen! Jede Einzelne von uns wird gebraucht werden! Ihr kennt unsere Geschicklichkeit im Kampf genau und könnt das nicht ignorieren und ohne uns losziehen!"

Sie waren nicht Wenige. Sie hatten Drakarr gesehen, als er mit Serrcon und Farron angekommen war. Sie überlegten nicht lange und dachten sich schon, dass etwas nicht stimmt. Sie gaben Nachricht an die mutigste Kriegerin von Thumar und machten sich sofort auf den Weg zu Retarr. Mit Asche hatten sie ihre Gesichter mit dem Zeichen des Wassers versehen. Nicht alle hatten die Kraft eines Mannes, aber mit List und Wendigkeit hatten sie schon manchen Kampf gewonnen. Für Ihre Männer, Ihre Familien und ihr Zuhause würden sie sich mit aller Macht gegen Alles stellen, was sie bedrohte.

Eine weitere Gruppe näherte sich. „Und wer hat uns hier vergessen? Ihr Männer glaubt wohl immer noch, dass Ihr alles

180

ohne uns schaffen könnt!" Die Frauen der Nordmänner...Da waren sie...von Osbur und Thumar. Und so kannte man sie. Stark, feurig und mutig! Alle waren sie großartig, hatten Herz, und Kampfgeist, wenn er benötigt wurde. Keine würde kneifen! Und Angst...was war das schon, gegen ein paar Krähen zu kämpfen, wenn man Kinder in die Welt setzen kann? Sie waren bereit und sie würden die Feinde gebührend empfangen!

Merlon´s Erwachen

Brock lächelte böse und zufrieden vor sich hin. Es lief alles sehr erfolgversprechend für ihn. Seine Gedanken waren so dunkel wie die Nacht. Seine Gefühle waren so hässlich wie das Böse selbst. Seine Gestalt war so furchterregend wie der schlimmste Albtraum. Alles war perfekt! Er hatte den raffiniertesten Plan geschmiedet. Es wurde immer besser und das zu *seinen* Gunsten.

Bald würde er die drei Monde nacheinander vernichten. Wenn Farw zerstört wäre, war es nur noch eine Frage der Zeit, wann all diese Menschen vor Angst fliehen würden. Nur würde ihnen das nichts mehr nützen. Er würde sie alle finden! Jeden Einzelnen von ihnen würden er und sein Gefolge töten! Zum Schluss würde er Terrar angreifen und die *letzten ihrer Spezies* wären Geschichte. Auf die Vernichtung der Farwier und Osburen freute er sich ganz besonders. Barrnon von Thumar ist bereits tot. Seine Brüder sterben zu sehen, wäre eine weitere, große Genugtuung. Und Barrnon´s Söhne würden ihm bald danach auf Thumar großes Vergnügen bereiten. Sie waren noch jung und würden ganz sicher vor Angst wimmern. Sie konnten seinen Anführer-Krähen kaum die Stirn bieten. Vielleicht der Größere...ja...aber lange würde *auch er* nicht durchhalten gegen diese Bestien. Brock ergötzte sich an dem Anblick der zahllosen Krähen in den tiefen Gängen seiner von ihm erschaffenen Welt.

Nicht weit weg von ihm, ein paar sich windende Gänge höher, rührte sich etwas. Merlon öffnete langsam seine Augen. Er fühlte sich benommen und wusste zunächst nicht, wo er sich befand. Dann kam er mehr und mehr zu sich und es wurde ihm bewusst, dass er hier gefangen war. Aber warum? Und von wem? Er konnte sich an nichts mehr erinnern. Die letzten Stunden waren wie ausradiert aus seinen Gedanken. Er saß hier fest. Soviel war klar. Er stand auf und schaute sich um. Im Schein des Feuers erkannte er zwei weitere Gestalten am Boden. Er verengte die Augen und erkannte in der gegenüberliegenden Zelle Morrja und Xenara. Das kleine Feuer in der Mitte spendete nur wenig Wärme. Es sollte sie wohl gerade noch am Leben halten. Es war nass und bitterkalt an diesem felsigen Ort. Hätte er doch nur seinen Stab. Das hier konnte nur das Werk von Brock sein. Das letzte, woran er sich noch erinnern konnte, war die Ankunft von Morrja und Xenara mit der Schatulle. Ganz sicher hatte man sie irgendwo überfallen und niedergeschlagen. Obwohl...sein Kopf tat nicht weh und er hatte auch sonst keine Verletzung. Es war so ein dumpfes Gefühl in ihm...ausgelöst durch etwas wie...Gift! *Das* musste es sein! Damit kannte er sich aus. Salixia hatte ihn vor langer Zeit mit den Kräutern von Lunar vertraut gemacht. Die meisten brachten Linderung bei vielen unterschiedlichen Schmerzen. Nur ein paar wenige, gezielt eingesetzt, und man würde sterben oder für einige Zeit bewusstlos sein.

Merlon war nun hellwach. Er spürte die Wut in seinem Bauch. Wie konnte er so unaufmerksam sein. Und wo, verdammt, war Salixia? Sie war früher immer zur Stelle, wenn er sie brauchte.

183

Oh nein. Sein Kopf drehte sich wieder vor Sorge. Brock konnte ihr etwas Schreckliches angetan haben. War sie vielleicht bereits tot? Plötzlich schlich sich ein leiser Verdacht in seine Gedanken. Es gab nur zwei Möglichkeiten. Die eine brachte ihn schier zur Verzweiflung und die andere...sie schmerzte noch viel mehr. Tief in seinem Herzen ahnte er bereits, welche von beiden die Zutreffende war.

Was war das? Ein leises Wimmern drang an seine Ohren. Aus der dunkelsten Ecke auf seiner linken Seite starrten ihn zwei riesige, grüne Augen an. Merlon erschrak. War das etwa Hylar? Sollte sie hier auf sie aufpassen? Das konnte nicht sein. Dieses Wesen dort drüben war eingesperrt, genau wie sie! „Wer bist Du?" Darrcon fragte es so leise, dass Merlon es fast nicht hörte. Seine Stimme verriet deutlich seine große Angst. Jetzt wusste Merlon, dass er Darrcon vor sich hatte, den Sohn von Hylar und Drakarr. Er hatte die Augen seiner Mutter! „Darrcon? Bist Du das? Der Sohn von Drakarr? Ich bin Merlon, ein guter Freund Deines Vaters. Und auch von Barrnon. Wir kennen uns eine sehr lange Zeit. Aber Du kannst Dich sicher nicht mehr an mich erinnern. Das letzte Mal, als ich Dich sah, warst Du noch sehr jung. Bist Du verletzt? Was haben sie Dir angetan? Und wer hat uns hierher gebracht und eingesperrt?"

„Ich bin nicht verletzt. Nur ein paar kleinere Wunden. Aber ich friere seit Tagen und ich habe schreckliche Angst vor diesem Dunklen." antwortete Darrcon. Jetzt konnte sich Merlon sicher sein. Brock steckte hinter alledem! Und er war hier, in ihrer Nähe!

„Darrcon, Du musst mir helfen. Ich werde versuchen, uns Alle zu befreien. Aber ohne Deine Hilfe komme ich nicht aus dieser Zelle heraus. Du bist groß geworden. Kannst Du schon Feuer spucken?" „Noch nicht so richtig. Bisher kam immer nur Rauch. Ich schätze, ich bin noch nicht soweit." sagte Darrcon mit trauriger Stimme.

„Darrcon...das ist jetzt ganz wichtig. Richte Dich auf, mein kleiner, großer Drache. Denke an Etwas, was Dich furchtbar wütend macht und dann versuche es. Du musst nur leise sein. Sie dürfen uns auf keinen Fall hören!"

Darrcon richtete sich auf und Merlon erkannte, wie groß er inzwischen geworden war. Er war fast erwachsen und kurz davor, ein stattlicher, junger Drache zu sein. Und er war seiner Mutter so ähnlich. Diese Augen...Merlon musste vorsichtig sein. Er durfte sie nicht erwähnen. Er wusste nicht, was Drakarr seinem Sohn von damals erzählt hatte. Und er wollte jetzt keinen Fehler machen. „Los Darrcon. Versuche es. Wir können das schaffen, gemeinsam! Durch Deine Hilfe haben wir eine Chance!" Darrcon atmete tief ein und beim Ausatmen dachte er...ja...woran? Jetzt wusste er es! Was sagte dieser Brock? Etwas von seiner Mutter? Er erinnerte sich an die Worte...und wurde wütend. Wenn dieser dunkle Schatten sie getötet hatte...oder war sie doch noch am Leben? Und da war es...Rauch! Nochmal...Rauch! „Es geht nicht. Ich bin so verwirrt!" sprach er verzweifelt.

„Doch!" sagte Merlon. „Ich glaube fest an Dich! Du bist stark. Glaube auch Du an Deine innere Flamme. Fühle es in Dir. Du bist ein Drache von Thumar und Deine Vorfahren geben Dir die Kraft! Lass die Flamme in Deinen Gedanken und im Inneren entstehen und dann...lass sie raus!"

Darrcon atmete wieder ein und da war sie, die Wut! Der Dunkle hatte seine Mutter auf dem Gewissen! Und er wollte ihn benutzen um auch noch seinen Vater zu zerstören! Das würde er nicht zulassen und diese Lüge, sie sei am Leben, würde er nicht glauben! Immer mehr baute er die Wut in sich auf. Er würde den Dunklen dafür töten! Da passierte es! Erst ein kleiner Funke und dann war sie da. Die erste winzige Flamme. Merlon bestärkte ihn, weiter zu machen. Und dann kam die erste, richtig große Flamme. Darrcon's Selbstvertrauen wuchs und der versuchte es ein zweites Mal. „Warte," sagte Merlon. „Ich werde jetzt weiter nach hinten gehen. Und Du versuchst, die Flamme in Richtung Gitterstäbe zu lenken. Ich vertraue Dir, Darrcon! Bring sie zum Schmelzen!"

Nebenan bemerkte Merlon ein leichtes Stöhnen. Morrja oder Xenara. Eine von ihnen wurde wach. `Schnell Darrcon`, dachte Merlon nur noch. Die erste Flamme war zu kurz. Die nächste traf zwei Gitterstäbe und sie wurden glühend heiß. Morrja öffnete die Augen und wollte schreien. Gerade rechtzeitig war Xenara bei ihr und hielt ihr die Hand auf den Mund. „Leise Morrja, wir wurden gefangen und Merlon will uns helfen, gemeinsam zu fliehen!"

Sie lebten. Aber ihre Waffen waren weg. Jetzt erst kam Morrja vollständig zu sich und sie fror schrecklich. Durch die Dunkelheit sah sie verschwommen ein Monster Feuer spucken. Nur langsam wurde ihr ihre Gefangenschaft und Merlon's Plan bewusst...

Endlich brachen die Stäbe und Merlon konnte aus seiner Zelle hinaus. Sein Stab war nirgends zu entdecken. Er vermied es, die glühenden Eisengitter von seiner und Darrcon's Zelle zu berühren. Er wartete noch einen Moment, nahm einen der bereits abgekühlten Stäbe und versuchte, ein Kettenglied von Darrcon's Fußfessel auseinander zu biegen. Mit aller Kraft gelang es ihm ein kleines Stück und Darrcon's Kraft reichte aus. Nach einem kurzen, kräftigen Ruck war der Drache frei. Morrja und Xenara gingen in die hinterste Ecke ihrer Zelle und bald konnten auch sie aus ihr befreit werden.

„Was jetzt?" flüsterte Morrja. „Wir sind hier wohl in der Höhle des Dunklen selbst." sprach Merlon. „Er hat sicher überall seine Krähen postiert. Und die haben vielleicht schon etwas gehört. Ich werde leise vorgehen und gebe Euch Zeichen. Wenn die Luft rein ist, folgt ihr mir. Schaut aber trotzdem immer hinter Euch. Wir müssen in alle Richtungen wachsam sein! Mit Darrcon's Größe dürfte unser Fliehen nicht einfach werden. Wir können nur hoffen, dass sie unsere Versuche nicht gehört haben!"

Nach und nach schlichen sie die Gänge immer weiter. Zum Glück waren sie breit und groß genug für Darrcon. Trotzdem musste er gut aufpassen, um sich nicht an den scharfen Kanten der eisigen Welt zu verletzen. Nach weiteren, höher gelegenen Verzweigungen der Wege spürten sie plötzlich einen leichten Windhauch. Und da! Darrcon's Augen wurden schmal. Ein leises Grummeln kam aus seiner Kehle. „Was ist das? Oder besser...wer ist das in der Ecke am Boden?" knurrte er. Morrja erkannte es sofort. „Das sind Isol und Ankar. Ich erkenne ihre Decke! Es sind unsere Wächter von Farw..."schrie sie leise auf. Schnell waren sie bei Ihnen. Darrcon konnte sein Feuer noch nicht wirklich gut beherrschen, aber von den letzten Versuchen war sein Körper noch erhitzt. Er legte sich vorsichtig an ihre Seite und hielt sie warm. Sie waren beide ohne Bewusstsein, wer weiß, wie lange schon. Aber ihre Herzen schlugen noch ganz schwach. Darrcon´s Hilfe war vielleicht ihre letzte Chance. Sie mussten es schaffen!

„Ihr müsst kurz hier bleiben" sagte Merlon. „Morrja und Xenara, haltet die Augen auf und bleibt dicht zusammen. Verhaltet Euch so leise wie möglich. Es ist eine gute Stelle, um noch eine Zeit lang unbemerkt zu bleiben. Ich werde mich umschauen und sehen, was hier vor sich geht. Vielleicht finde ich Eure Waffen und meinen Stab! Irgendwann werden sie unsere Flucht bemerken und wir müssen uns dann wehren können."

Er verschwand leise in den Gängen. Sie kauerten sich aneinander und hofften auf baldige Hilfe oder eine zündende Idee von Merlon. Morrja und Xenara hatten keine Angst mehr vor Darrcon und waren sehr dankbar, seine Nähe und die Wärme zu spüren.

Die Magie von Albina

Albina war von Anfang an etwas Besonderes. Nicht nur ihr strahlendes Weiß...nein, auch ihr ganzes Wesen war einzigartig. Bereits als Fohlen hatte sie zu Lana eine sehr intensive Verbindung. Immer, wenn sie zusammen Zeit verbrachten, war fast Alles um sie herum vergessen. Was die Eine sah, erkannte auch die Andere und was Eine von ihnen fühlte, spürte die Andere im Herzen. Sie nahmen Beide Dinge wahr, die keiner sonst bemerkte.

Salixia hatte Lana mit Albina ein wundervolles Geschenk gemacht. Sie als Ur-Ahnin hatte ein Gespür für diese besondere Verbindung und wusste sofort, dass *dieses* Fohlen das Beschützertier von Lana werden müsste. Sie ergänzten sich zu einem Ganzen, genau wie Salixia es mit ihrer eigenen Stute immer empfunden hatte. Pferde waren für sie und für Lana die schönsten Geschöpfe im Universum. Wild, zart, ungestüm, schnell, feinfühlig, stolz und stark. Es gab Nichts, was sie nicht in ihnen sehen konnte. Sie waren perfekt. Albina war die Tochter ihrer Stute und irgendwie war Lana die Tochter von Salixia, auch wenn sie von Jessaria und Lenara zur Welt gebracht worden war. Immer dann, wenn eine große Fee das Licht von Lunar erblickte, wurde es ganz besonders gefeiert. Efania und Lana...Beide waren die wertvollsten und schönsten

189

Geschöpfe überhaupt, die in direkter Verbindung mit den Säulen des Lebens geschaffen worden waren. Sie würden für alle Zeiten die Wunder des Lebens und das Gute selbst in sich tragen.

Lana spürte schon seit einiger Zeit eine Unruhe bei Albina. Selbst Salixia sah es nicht so wie sie. Sie sagte immer nur: „Sie sind beide besonders. Ihre Mutter ist es auch!" Aber Lana hatte so ein Gefühl, dass *viel mehr* dahinter steckte. Albina hatte eine versteckte Gabe. Nur welche? Lana war sich dessen sicher und wollte es Naransorr sagen. Vielleicht würde *er* es auch fühlen.

Der König lächelte. Er strich Lana über ihr langes, fast ebenso weißes Haar. „Du liebst Albina eben sehr!" „Nein" widersprach Lana. „Dass ist es nicht, glaube mir. Komm, ich zeige es Dir."

Jetzt wurde Naransorr doch neugierig. Manche Geheimnisse sollten eben erst zur richtigen Zeit ans Licht kommen. Das wusste er selbst nur zu gut! Er dachte an seinen Vater, die Katakomben und wie Recht er doch immer hatte. Albina begrüßte sie mit einem freudigen Kopfnicken. Die Stute mochte den König von Anfang an. Er streichelte die weiche, helle Mähne und berührte mit seiner Stirn die ihre. Albina's hellblaue Augen strahlten mit den Augen seiner Frau um die Wette. Diesen Moment würde er für immer in seinem Herzen bewahren!

Die Stute spürte seine Gedanken und Naransorr wusste, dass sie für ihn und Lana alles tun würde. Albina merkte es als *erstes*, als die Königin den kleinen Prinzen in sich trug. „Schau doch...sieh...da ist es wieder. Leg Deine Hand auf ihre Flanke. Dann spürst Du es." sagte Lana. Naransorr tat, worum Lana ihn gebeten hatte. „Du hast Recht. Es fühlt sich merkwürdig an. Als ob sich dort etwas bewegt und eine so *starke* Energie. Nein...das kann nicht sein. Es fühlt sich an wie...glaubst Du das wirklich?" Lana nickte und lächelte. „Ich denke schon..."

Naransorr nahm Lana in seine starken Arme und küsste sie lange und sehr zärtlich. Heute Nacht würden sie vielleicht das letzte Mal zusammen sein. Und möglicherweise danach nie wieder. Er liebte seine Königin so sehr und wollte diese düsteren Gedanken vertreiben. In seinem tiefsten Inneren wünschte er sich nur eines: Eine Zukunft, in der sie gemeinsam mit Herz und Verstand gute und vertrauensvolle Herrscher für ihr Volk sein könnten. Beide wollten das Beste von sich an ihren kleinen Prinzen weitergeben. So wie damals sein Vater, König Terus und seine Mutter, Königin Arkadia es taten. Eng umschlungen gingen sie von den Stallungen zurück. Im königlichen Gemach liebten sie sich lange. So, als ob es kein Morgen mehr geben würde.

Albina nickte fast wissend, als Lana und Naransorr sie verließen. Sie konnte die starken Gefühle der Liebe von Beiden fühlen. Ihre weiße Mähne strahlte noch heller und ihre Flanken zuckten immer mehr. Sie wurde langsam unruhig. Da war es... genau wie bei der Berührung Naransorr´s. Ihre Muskeln spannten sich an. Sie hatte auf einmal diesen unbändigen Drang. Dieses Kribbeln in ihren Flanken. Sie wollte größer werden. Sie wollte Flügel ausbreiten und sich in die Lüfte schwingen. Was war das nur immer für ein Gefühl? *Und* Lana konnte es auch seit geraumer Zeit spüren. Albina hatte keine Flügel. Sie wollte es so sehr und konnte es nicht verstehen. Aber ihr Feingefühl sagte ihr, dass es bald Wirklichkeit werden würde. Sie musste nur warten. Auf diesen wichtigen Moment.

Sie war nicht schwanger. Naransorr lag falsch. Sie war ein Wandlertier! Ganz tief in ihrem Inneren wurde es immer klarer. Ein aufgeregtes Schnaufen kam aus ihren Nüstern. Ihre unbändige Vorfreude bestätigte sie sich selbst mit einem lauten Wiehern und Nicken. Dann endlich entspannte sie sich für die kommende Nacht und den Aufbruch zum Mond Farw. Sie würde bald ihre ganze Kraft benötigen.

Naransorr wollte immer so glücklich sein wie in dieser Nacht. Aber er schlummerte nur leicht und die sorgenvollen Gedanken kamen zurück. Lana schlief fest in seinem Arm. Auch sie wurde plötzlich unruhig und sagte im Traum immer wieder diese Worte, die er nicht kannte und nie zuvor von ihr gehört hatte. Er zog sie näher an sich heran und schloss noch einmal die Augen. Nur kurz, für eine letzte halbe Stunde wollte er einschlafen, als ein Geräusch ihn aufschreckte. Was war das? Was hatte er gehört? Oder träumte auch er? Nein! Da war es wieder und er kannte es! Dieses Muster im Gefieder, das Schimmern...das war Falkarr Im Mondlicht sah er ihn kommen. Der Falke landete leise auf dem Fenstersims. Naransorr stand auf und hörte von Falkarr alle Einzelheiten, die auf Farw geschehen waren. Des König's Befürchtungen wurden noch weit übertroffen. Dann war es also soweit. Der Krieg stand bevor. Und die Kämpfe würden wohl noch schlimmer werden als erwartet.

Aber die schrecklichste Vorstellung war, dass er seine Königin und seinen Sohn vielleicht nie mehr wiedersehen würde. Sanft weckte er Lana und erzählte ihr von Brock's Versteck auf Farw. Das Entsetzen in ihren Augen schmerzte in seinem Herzen. Umso erfreulicher war es, dass Efania und Barrnon noch lebten und wohlauf waren. Er konnte sehen, wie Lana's Gedanken rasten.

Barrnon hatte sich fast für ihn geopfert. Das würden sie Beide ihm niemals vergessen! Trotz aller dunklen Geschehnisse war *das* der Funke Hoffnung! Sie konnten gemeinsam kämpfen! Lana wusste auch ohne Worte, was sie jetzt zu tun hatte. Sie konnte Naransorr nicht begleiten! Sie musste Efania und Barrnon sofort informieren! Das war nun *ihre* Aufgabe. Ein kurzer Abschiedskuss für Naransorr...mehr Zeit durfte sie nicht verstreichen lassen. Ob sie ihren Sohn noch einmal sehen würde? Sie wusste ihn in Sicherheit. Das war das *Einzige*, was zählte. Mit Albina machte sie sich bereits *vor* der Morgendämmerung auf den Weg nach Lunar. Der Krieg würde dieses Mal also auf Farw entbrennen. Und *nur* dort *müsste* er ein Ende finden. Ein für alle Mal!

Am frühen Morgen machten sie sich Alle auf Terrar bereit. Karon kam gerade noch rechtzeitig und völlig am Ende seiner Kräfte auf Terrar an und berichtete dem König von Karracx. „Lana *ist bereits* mit Albina auf dem Weg nach Lunar. Von dort überbrachte sie uns gute Neuigkeiten von Barrnon und Efania. Es geht ihnen gut und das Heer der Feen wird bald aufbrechen und schon *vor uns* Farw erreichen." sagte Naransorr. Das war zu viel für Karon. Aber *das* konnte niemand auf Osbur ahnen. Jetzt musste er sich *wirklich* ausruhen. Durst und Hunger hatte er auch. Er würde sich die nächsten Stunden keinen Millimeter mehr bewegen! „Ich werde jemand mit Wasser und Nahrung für Dich kommen lassen. Stärke Dich! Dein Bruder Falkarr kommt mit uns und komme Du nach, wenn Du wieder bei Kräften bist." Kurze Zeit später schlief ein tapferer Falke und König Naransorr begab sich mit seinem Heer auf den Weg nach Farw.

Die Flucht

Leise und achtsam stiegen vier schwer bewaffnete Krieger von Ihren Pferden. Die Tiere waren bis aufs Äußerste angespannt und die Nordmänner wollten kein Risiko eingehen. Das kleinste Geräusch würde sie vielleicht zu früh verraten. Kaum ein anderes Wesen war so feinfühlig wie Pferde. Gefahren witterten Sie schon aus der Ferne. Und in dieser kalten Umgebung war sie deutlich zu spüren! Die Krieger nahmen die Zügel und klemmten sie zwischen zwei großen Felsen fest. Sie selbst würden das letzte Stück zu Fuß zurücklegen.

Sie achteten auf jeden Stein und alle dunklen Schatten. Sie wollten möglichst lange unbemerkt bleiben. Davon hing der ganze Erfolg ihrer Mission ab. In der Ferne konnten sie bereits die Silhouette der ganzen Höhlenwelt sehen. Vor ihren Augen zeichnete sich eine riesige Welt des Bösen ab. Etliche dunkle Höhleneingänge erstreckten sich über die ganze Felsenküste von Farw. *Ein* Eingang stach jedoch heraus. *Diesen* würden sie meiden! Er war groß und düster. Das *konnte* nur der Haupteingang zum Bösen selbst sein. Er ragte furchteinflößend aus der Mitte der Höhlenkette hervor. Spitze, dunkle Felsen und gefährliche Eiszapfen dazwischen umrahmten ihn. Wie der Schlund eines riesigen Ungeheuers drohte der Eingang alles zu verschlingen, was ihm zu nahe kam. Dieses Bild würde keiner von ihnen so schnell vergessen.

Falkarr hatte es perfekt beschrieben. Rechts vom großen Eingang wäre die richtige Höhle zu finden, die sie nun aufsuchen mussten. Der Falke hatte von einen einzigen Eingang erzählt, dem zu Füßen ein Felsen in Form eines Totenkopfes lag. Sie konnten es genau erkennen. Das war die richtige Stelle! Aber diese ganzen Geräusche...überall konnten sie sie hören. Es war genauso, wie Falkarr es gesagt hatte. Hier wurde mit großer Wahrscheinlichkeit eine zerstörerische Schlacht vorbereitet! So klangen nur Hammerschläge auf Waffen, die frisch geschmiedet wurden. Vorsichtig und duckend schlichen sie sich an den besagten Eingang heran. Überall konnten plötzlich diese Krähen auftauchen. Wenn sie sich zu schnell bewegten, würde es sie sofort verraten. Endlich hatten sie den Felsen erreicht. Lauschend gingen sie zwei Schritte näher und betraten die Höhle. Sie durften keinen einzigen Fehler begehen!

Merlon war entsetzt! Er hatte viel erwartet, aber das überstieg alles, was er sich an Bösem vorstellen konnte. Sie mussten fliehen. Sie mussten so schnell wie möglich hier weg. Jede weitere Stunde würde sie mit Sicherheit das Leben kosten. Er hatte Brock´s Thron gefunden. Merlon sah sich um und das ganze Ausmaß wurde ihm bewusst. Von hier aus konnte Brock alles beobachten. Hinter dem Thron sah man direkt in die Tiefen der Höhle. Merlon erkannte, wie viele Krähen es waren und sein Blut gefror ihm in den Adern. In mehreren Ebenen waren sie bei der Arbeit. Sie schmiedeten Schwerter, schärften Messer und Axt, bohrten Löcher in schräg geformte Steine, die später wie mit einem Hammerschlag töten sollten. Aus den Gängen kamen immer wieder riesige Anführer, die mit

Peitschenhieben zur Eile trieben. Die Waffen türmten sich bereits in rauen Mengen.

Merlon musste seine Augen abwenden. Was für ein furchterregendes Schauspiel sich ihm hier bot. Sie durften ihn auf keinen Fall entdecken. Langsam zog er sich rückwärts am Thron vorbei. Der Stuhl der Macht bestand aus einem einzigen schwarzen Fels, umgeben von unzähligen Spitzen aus Eis und Gestein. An jedem Ende waren sie so scharf wie Klingen. Eine falsche Bewegung...auch ein leises Stöhnen durch eine Verletzung würde ihn sofort verraten. Dieser Thron war eines dunklen Königs würdig!

Plötzlich fiel Merlon etwas Glänzendes ins Auge. Sein Amethyst lag achtlos am Fuße des schwarzen Felsens zwischen zwei Eisspitzen. Vorsichtig versuchte er, an ihn heranzukommen und mit den Fingerspitzen zu berühren. Er musste Ruhe bewahren! Mit zittriger Hand konnte er ihn endlich greifen. Langsam wollte er den Stein zu sich rollen. Das Eis am Boden war so fest gefroren, dass der Amethyst sich kaum lockern ließ. Es kostete ihn Zeit, die er nicht hatte. Und jede falsche Bewegung würde tiefe Wunden bescheren. Wäre doch nur Darrcon jetzt hier. Mit einer kleinen Flamme wäre der Stein in einer Sekunde in seiner Hand. Merlon gab nicht auf. Der Stein würde sie schützen. Zumindest eine kurze Zeit. Mit eiskalten Händen versuchte er es weiter. Er musste die Finger immer wieder wärmen mit seinem Atem. Endlich bewegte sich der Amethyst. Er hatte seinen *wirklichen* Herrn und Magier gefühlt. Seine Farbe änderte sich bereits zurück in seine ursprünglichen, violetten Töne. Endlich löste er sich und kullerte mit einem lauten Geräusch zwischen den Eiszapfen auf den Boden. Merlon war starr. Er hielt den Atem an. Nichts! Das

Geräusch ging unter in dem Lärm der arbeitenden Krähen.

Jetzt musste der Magier alles riskieren! Er griff seinen Amethyst, der sofort in seiner Hand eine helle Aura bildete. Der Stein reagierte immer auf *die* Macht, die ihn hielt und schenkte seine Kraft *den Gedanken* des Besitzers. Die Macht wurde geleitet und die helle oder die dunkle Seite konnte sich ihrer bedienen. Merlon versteckte ihn unter seinem blauen Gewand und huschte zurück zu dem Gang, aus dem er gekommen war. Gerade, als er sich umdrehen wollte, sah er es. Tiefschwarze, dunkle Federn! So glänzend wie das Haar von Salixia! Sein Herz setzte für einen kurzen Moment lang aus. Er fühlte sich wieder wie betäubt. Er musste sich am Felsen stützen. Aber er durfte sich jetzt nicht durch seine Gefühle ablenken lassen. Es kostete ihn seine ganze Kraft, den Rückweg anzutreten. Das Leben von Vielen lag in seiner Hand. Niemand konnte etwas für das, was geschehen war. Völlig niedergeschlagen und mit schmerzerfülltem Herzen ging er weiter in die Gänge hinein.

Knappes Entkommen

Plötzlich ertönte ein dunkler Ton aus einem Horn. Die Krähen hatten die Flucht entdeckt. Die Zellen waren alle aufgebrochen und die so wichtigen Gefangenen waren fort! Brock war außer sich vor Wut. Wo waren sie alle, wenn er sie brauchte. Im ersten Affekt tötete er mit seinen bloßen Händen *die* Krähe, die ihm die Nachricht überbrachte. In einem Moment konnte er sich noch an der perfekten Erscheinung seiner Anführer-Krähen ergötzen und im nächsten Augenblick war er schier fassungslos über seine eigene Dummheit. So weit hatte er nicht gedacht. Er traute das weder Darrcon noch Merlon zu. Seine mangelnde Vorsicht kostete ihn nun seinen Vorteil durch wertvolle Geiseln. Er hasste es, wenn seine Pläne durchkreuzt wurden. Und dann noch so unnötig! Er glaubte, er hätte alles in seiner Hand. Es lief zu gut. Diesen Fehler würde er nicht noch einmal machen! Er schrie und brüllte, selbst Salixia konnte ihn nicht beruhigen. „Jetzt wissen sie vermutlich Alles! Dieser Magier...ich werde ihn töten! Darrcon war meine größte Waffe gegen Drakarr! HYLARR!!!" rief er in seinen Gedanken. „Wo bist Du? Komm sofort hierher!" Und zu den Anführern schrie er in die Tiefe: "Und Ihr da unten...werdet endlich fertig! Wir haben jetzt keine Zeit mehr zu verlieren."

Hylar hörte ihn. Sein lautes Rufen stach wie Pfeile in ihrem

Kopf. Es war so laut, dass sie fast an den Totenkopffelsen stieß und stürzte. Dabei hatte sie die Spur bereits bis hierher verfolgt. Die Menschen *mussten* in dieser kleineren Höhle sein! Ihr Geruch war unverkennbar. Und jetzt, wo sie *so nah* dran war, sollte sie auf ihre Beute verzichten? Sie wollte nachsehen, *auch* weil da noch ein anderer Geruch dazwischen war. Sie konnte ihn nicht einordnen. Etwas in ihrer Erinnerung hatte sofort ihr Interesse verstärkt. Sie war sich sicher, dass sie diesen Geruch kannte. Aber woher nur? Sie wollte unbedingt ihrer Gier *und* ihrer Neugierde nachgehen. Aber mit Brock war nicht zu spaßen. Es hallte in ihrem Kopf. Wenn sie zu lange zögerte, würde er sehr wütend werden. Sie hatte keine Wahl. Ihre Belohnung musste warten. Diese Menschen konnten nicht mehr weg. Sie würden auch ein wenig angefroren noch schmecken! Sie musste zu ihrem Herrn! Sofort! Wütend und hungrig machte sie sich auf den Weg zum Eingang der größten Höhle.

Brock schritt nervös hin und her. Er konnte keine Sekunde länger still auf seinem Thron sitzen bleiben. Egal, was er hier oben sah. Es ging ihm alles nicht mehr schnell genug. „Wir müssen es *jetzt* riskieren. Wir können nicht bis morgen warten. Wir kämpfen heute schon auf Farw! Salixia, mach Deine Truppe bereit! Du bildest die Vorhut und vernichtest im Süden von Farw so Viele wie möglich. Gehe nicht den direkten Weg mit den Krähen und *bleibt am Boden*, damit sie Euch nicht kommen sehen! Geht an der Küste entlang und fallt von der Seite über sie her. Damit werden sie nicht rechnen. Hylar. Endlich. Wo hast Du solange gesteckt? Du wirst *mich* begleiten, sobald ich Nachricht von Salixia habe, dass der Süden von uns überrollt wurde. Mit Dir werde ich Osbur und Thumar überfallen. Das große Heer ist in wenigen Stunden kampfbereit!"

„Ihr Anführer...hört, was Euer König Euch zu sagen hat!"
schrie Brock laut in die Tiefen der Höhle hinein und es hallte
von den Wänden zurück. „Schmiedet die letzten Waffen und
stellt Eure Truppen zusammen! Wir ziehen schon bald in den
Krieg!"

Die Anführer verzogen ihre Gesichter zu bösartigen Grimassen.
Sie freuten sich darauf, ein Blutbad anzurichten. *Und* Hylar
war erregt und voller Gier. Die Aussicht auf eine viel größere
Beute ließ sie für diesen Moment die Menschen in der Höhle
und den so ganz anderen Geruch vergessen.

Der Nebel

Die vier Nordmänner begaben sich immer weiter hinein in die Höhle. Plötzlich vernahmen sie in der Ferne leises Gemurmel. Vorsichtig gingen zwei von ihnen voraus und weiter in den Gang hinein. Ganz langsam zogen sie ihre Schwerter heraus. Der kalte Luftzug hier war günstig für ihre Position. Er kam ihnen entgegen und würde sie so schnell nicht verraten.

„Merlon, wo warst Du so lange? Was hast Du gesehen?" Morrja und Xenara waren besorgt und wollten endlich weg von diesem Ort. Darrcon kühlte langsam ab. Isol und Ankar mussten schnell nach Hause und dringend mit Medizin versorgt werden. Merlon war immer noch blass. Er atmete tief ein und erzählte ihnen kurz von seiner Entdeckung. Morrja konnte es nicht fassen. „So viele? Und alle sind sie *hier* auf Farw? Wir sitzen fest in *unmittelbarer* Nähe von Brock und dem ganzen Heer?"

„Was sollen wir nur tun? Sie werden uns finden und töten"... Xenara erschrak, als plötzlich etwas vor ihnen aufblitzte. Eine Schwertspitze schwebte direkt über ihrem Kopf. Darrcon wollte gerade seine Lungen mit Feuer füllen als... "Nein!" Merlon's Wort und der leuchtende Amethyst in seiner Hand ließ den Krieger inne halten. „Ihr seid es. Dem Göttlichen sei gedankt. Wir haben Euch gefunden!" sprach der Krieger. Morrja erkannte ihn sofort und war erleichtert. „Das sind unsere besten Krieger von Farw!"

„Herrin, Retarr schickt uns. Wir müssen schnell fliehen. Es sind hier schreckliche Dinge im Gange..." sagte der Krieger. „*Das* und noch viel Schlimmeres..." bestätigte Merlon traurig. Der Krieger sah zu Darrcon und erkannte bei ihm in der hintersten Ecke Ankar und Isol. Er traute der Situation nicht und hatte immer noch das gezogene Schwert in seiner rechten Hand. „Haltet endlich ein! Darrcon gehört zu uns." Merlon beruhigte ihn und sprach weiter. „Lasst uns nun aufbrechen. Wir müssen es irgendwie schnell hier heraus schaffen. Wir waren zu laut, sie werden uns bald erreichen."

So leise wie nur möglich erhob Darrcon sich. Merlon ging vor. Morrja und Xenara folgten ihm. Zwei der Krieger hoben Isol und Ankar hoch und legten sie sich über ihre Schultern. Danach folgten die anderen beiden Nordmänner mit Darrcon. Er hatte nun Feuer in sich. *Dieses Mal* wusste er, wie er es schnell und vernichtend hervorrufen konnte. Er würde die Krähen mit einer einzigen Flamme sofort töten.

Die Fliehenden erreichten den Ausgang. Alles war noch still. „Wir tragen etwas Wichtiges bei uns..." sagte einer der Nordmänner zu Merlon. Er nahm die Flasche des Nebels, die einer der Ältesten ihnen mit auf den Weg gegeben hatte. Sofort erkannte Merlon ihre Chance. Sein Blick hellte sich auf und der Magier nahm Flasche und Amethyst in seine Hände. Er sprach alte, magische Worte. In Sekundenschnelle bildeten sich dichte Schwaden. Mit Hilfe des Amethyst war der Pfad für *sie selbst* zu sehen. So konnte sich die Gruppe unentdeckt auf den

Rückweg zu den Pferden machen. Inzwischen waren deutlich Geräusche aus den Höhlen zu hören. Die Krähen hatten ihre Spur aufgenommen! Sie hörten die aufgebrachten Schreie der Monster und wie sie die Klingen wetzten.

Der Nebel schützte sie! Wie eine Wand legte er sich über sie und die ganze Gegend. Dichte Wolken machten es dem Feind unmöglich ihre Fährte aufzuspüren. Selbst Darrcon konnte niemand sehen. Er flog dicht über ihnen. Die Angst und das Wissen über die große Anzahl ihrer Feinde ließ sie letztendlich trotzdem immer schneller werden. Sie rannten um ihr Leben.

Die Pferde zogen nervös an ihren Zügeln als sie Darrcon landen sahen. Als ihre Reiter bei ihnen waren, spürten sie jedoch instinktiv, dass Darrcon nicht ihr Feind war. Merlon bestieg den jungen Drachen. Isol wurde von einem der Krieger in Merlon's Schoß gelegt. Für sie musste der schnellste Weg genommen werden. Ankar wurde auf ein Pferd gehoben. Morrja und Xenara stiegen gemeinsam auf einen braunen Hengst. Sie würden es zusammen schaffen! Der Nebel konnte tatsächlich ihre Rettung sein.

Brock schrie nur noch lauter. „Was ist das hier? Das kann doch nur das Werk von Merlon sein!" Er lief zurück zu seinem Thron und merkte erst jetzt, dass der Stein weg war. „ARRRGGG! Er hat ihn wieder. Er hat den Amethyst an sich genommen! *Damit* hat er diesen Nebel gerufen. Wir müssen besser aufpassen! Salixia, los jetzt. Tötet so viele wie möglich und ihr Anderen...haltet diese Flüchtenden auf! Bringt sie mir zurück. Lebend!

Eine große Gruppe Krähen machten sich mit ihren Anführern

auf den Weg. Salixia würde mit ihnen gemeinsam die Menschen im Süden von der Seite überraschen und angreifen. Solange sie an der Küste entlang gingen, konnten sie nicht so schnell entdeckt werden. Aber es würde Zeit kosten, bis sie den Süden erreichten.

Eine Weile später berichteten Hylar und die andere Gruppe der Krähen, dass sie die Spur von Merlon verloren hatten. Brock's Wut wurde immer größer. „Wagt es nicht, noch einmal zu versagen! Keiner von Euch. Und jetzt geht. Bereitet Euch vor!"

Auch Hylar war wütend. Ihr Hunger wurde immer größer. Sie würde ihren Herrn nicht enttäuschen. Sie würde ihre Gier endlich stillen müssen. Bald!

Die Zusammenkunft

Retarr war unruhig. Er lief die ganze Zeit draußen auf und ab. Wie gut, dass Karracx und Barrnon's Söhne inzwischen auf Farw angekommen und wohlauf waren. Auch Brumarr und Drakarr waren mit ihrer Kraft und Stärke mehr als willkommen. Sie alle waren eine große Hilfe. Aber er hatte auch große Angst um sie. Und *was war* mit Barrnon, seinem Bruder und Morrja, seiner Frau? Er vermisste sie Beide sehr. Sie waren schon immer sein größter Halt. Ging es ihnen gut? Waren sie überhaupt noch am Leben? Und hatte er vielleicht sogar seine besten Krieger bereits in den Tod geschickt? All diese Fragen und Ungewissheiten zermarterten ihn. Er musste sich beruhigen. Jetzt war nicht die Zeit, die Nerven zu verlieren. *Alle* Leben standen auf dem Spiel. Plötzlich zuckte er zusammen. Ein Schatten am Himmel. Zwar noch weit weg aber viel zu groß für einen Falken. Er griff nach seiner Axt und ließ sie kurz danach wieder sinken. Er kannte den Sohn von Drakarr noch nicht, aber das leuchtend blaue Gewand von Merlon war nicht zu übersehen. Sie landeten direkt vor seinen Füßen. Retarr rief sofort nach Hilfe, als er sah, dass sie Isol gefunden hatten. Merlon beruhigte ihn sofort und erzählte, dass alle Anderen mit ihnen fliehen konnten und bald auf ihren Pferden hier mit Ankar eintreffen würden. Helfer eilten herbei und trugen Isol auf einer Bahre in die nächstgelegene

Behausung eines der Ältesten von Farw. Sofort wurde sie mit aller verfügbaren Medizin versorgt. Sie zündeten ein Feuer für sie an, bereiteten einen heißen Kräutertrank und hüllten sie in mehrere, warme Decken ein. Merlon´s Amethyst hatte ein kleines Wunder bewirkt. Isol atmete nur noch schwach, aber sie würde sich wieder erholen.

Als sie draußen Pferde hörten, war Retarr überglücklich. Sie hatten es tatsächlich geschafft! Er glaubte zwar an Merlon´s Worte, aber seine Angst konnte er erst vergessen, als er *sie* sah. Endlich! Morrja rannte in seine Arme und Karracx eilte mit Brumarr auf Xenara zu. Auch der Bär brummte laut und zeigte überschwänglich seine Freude. Jedes Mal fielen Karracx und Xenara um, weil Brumarr seine eigene Kraft nicht einschätzen konnte. Für einen kurzen Moment lachten alle und freuten sich. Aber jeder wusste, dass das Böse auf sie wartet und ihnen noch Schlimmes bevor stand.

Ankar wurde behutsam auf eine Bahre gelegt und zu Isol gebracht. Auch er hatte bereits Schäden durch die Kälte erlitten. Merlon´s Amethyst rettete sie Beide gerade noch rechtzeitig. Jetzt waren sie in Sicherheit und wurden mit Allem, was nötig war, versorgt.

Drakarr kam von einem seiner Erkundungsflüge zurück. Er war eine große Hilfe und sah von oben alles kommen, was ihnen hätte schaden können. Als er Darrcon erblickte, erkannte man die Erleichterung in seinen bernsteinfarbenen Augen. Er landete vor seinem Sohn. Aber was war mit Darrcon los? Er sah in das traurige und gleichzeitig wütende Gesicht seines Sohnes. Sofort wurde Drakarr bewusst, was passiert sein musste. Er nickte ihm wortlos zu und sie flogen an eine entfernte, ruhige Stelle. Jetzt war er also gekommen, der Moment, vor dem sich der große Drache immer gefürchtet hatte. Er musste seinem Sohn die schreckliche Wahrheit erzählen und er hoffte inständig, dass Darrcon ihm die lange Zeit der Halbwahrheiten verzeihen könnte.

Sie saßen auf einer Anhöhe und blickten auf die Wasserfälle hinunter. Drakarr konnte jetzt nicht mehr zurück. Sein Sohn war jetzt erwachsen. Er hatte sofort bemerkt, dass seine erste Flamme in ihm gewachsen war. Hier also sollte er nun die Wunden der Vergangenheit wieder öffnen. Drakarr hätte es ihm so gerne erspart und wünschte sich, dass Darrcon sein Handeln die ganzen Jahre über verstehen würde.

„All die Zeit?" Darrcon schrie seinen Vater an. „ Sie *lebte* und ich dachte immer, sie ist tot! Und dann noch gefangen in Ketten wie ein böses Tier?" Jetzt konnte selbst Drakarr seine Tränen nicht länger zurückhalten. „Wir haben sie Beide an diesem Tag verloren, mein Sohn. Verstehst Du? Ich hatte solche Angst, auch Dich noch zu verlieren!"

„Können wir denn gar nichts tun? Es gibt doch auch die gute Seite der Magie, Vater." „Nein," sagte Drakarr. „Dazu reicht alle gute Magie im Universum nicht aus. Komm...wir sollten zurück. Lass uns gemeinsam unsere Kräfte nutzen und denen helfen, die noch nicht verloren sind."

Gedankenverloren flogen sie zurück. Darrcon wollte es nicht hinnehmen! Es musste einen Weg geben. Und niemand würde ihn zurückhalten können. Er wusste, dass dieser Schatten im Nebel seine Mutter war. Und er war sich sicher, dass sie ihn wiedererkennen würde!

207

Die Verstärkung

Efania und Barrnon waren beide wieder vollständig genesen. Sie fühlten sich voller Energie und stärker als jemals zuvor. Die Gaben des Lebensbaumes waren wahrhaft göttlicher Natur. Und sie waren zusammen. Endlich! Sein Blick wanderte zu Efania. Er würde dieses Mal *mit ihr gemeinsam* gegen das Böse in den Krieg ziehen. Er würde bis zu seinem letzten Atemzug für sie und ihre gemeinsame Liebe kämpfen! Efania vermisste Lisseja. Sie war voller Sorge, dass ihr etwas geschehen war. Aber sie fühlte sie. Sie war noch am Leben. Efania hoffte, dass sie ihr Beschützertier bald wiedersehen würde. Wenn sie so in Gedanken verloren war, liebte Barrnon sie besonders. Es berührte jedes Mal sein Herz, wenn er die Verbundenheit zu ihren Tieren in ihren Augen sah.

Die Bewohner von Lunar wurden zum Lebensbaum gerufen. Die Ur-Ahninnen konnten immer noch keinen Kontakt zu Salixia aufnehmen. Sie befürchteten, dass ihr etwas Furchtbares zugestoßen sein könnte. Als zweite Ur-Ahnin nahm Jessaria deshalb die Entscheidung in *ihre* Hand. Gemeinsam ernteten sie alle Kristalle, die der Lebensbaum zur Verfügung hatte. Sie füllten sie zusammen mit dem blauen Gold in Flaschen. Es *mussten* so viele wie möglich sein. Gezielt eingesetzt waren sie eine starke Waffe. Damit würden sie einen großen Teil des Krähenheeres schwächen oder ganz vernichten. Sie *mussten* jetzt *gemeinsam* gegen Brock kämpfen! Menschen, Feen, Fabelwesen...*keiner* von ihnen würde überleben, wenn der dunkle König in diesem Krieg der Sieger war.

Efania und Barrnon waren soweit. Mit Punkarri an ihrer Seite führten sie die schwer bewaffnete Gruppe an. In kürzester Zeit würden sie die weiße Stadt Lorrja erreichen und sich von dort bald auf den Weg machen. Als sie den verborgenen Ausgang mit ihren Worten öffnete kam ihr Lisseja freudig in die Arme gesprungen. Sie musste dort seit etlichen Stunden Wache gehalten haben und hatte sich nicht vom Fleck gerührt. Efania war überglücklich. Lisseja schnurrte und rieb ihren Kopf an ihrer Herrin und begrüßte auch Punkarri und Barrnon mit einem freudigen Laut.

In Lorrja angekommen, rüsteten sich die Bewohner mit weiteren Waffen und Vorräten. Sie hatten Angst. Alle. Aber jedes einzelne Wesen war bereit, für ihr gemeinsames Überleben zu kämpfen. Jetzt war es soweit. Die Transportstation war in Sicht. Aber da wartete doch jemand! Efania sah sie schon von Weitem. Lana war da! Dann gab es Neuigkeiten von Terrar. Hoffentlich war der Krieg noch nicht entbrannt.

Lana war sehr aufgeregt und erzählte nervös vom Bericht des Falken. Als Barrnon hörte, *wo* sich Brock formiert hatte, wurde er gleichzeitig besorgt und wütend! Retarr, Karracx...Alle dort würden ihre Hilfe sofort benötigen. „Wie konnte Brock das schaffen? Und wie konnten wir nur die ganze Zeit so blind sein?" „Das Böse war schon immer listig und wartete lange auf eine Gelegenheit" sagte Efania. „Wir konnten das unmöglich erahnen. Das wird in Zukunft nie wieder geschehen! Aber zuerst müssen wir ihn besiegen! Lasst uns schnell aufbrechen. Er darf nicht noch stärker werden und uns wie damals überrollen. Es ist Zeit!"

Albina spürte inzwischen immer mehr, dass sie noch eine wichtige Aufgabe haben würde. Die Stute war unruhig und Lana fühlte es auch. Allerdings war sie dieses Mal darauf vorbereitet. In ihrem Traum letzte Nacht wurde der Königin ihr gemeinsamer Weg gezeigt. Und heute morgen wusste Lana ganz genau, dass ihr Tier diese besondere Gabe in sich trug. Die Stute war ein Wandlertier und Lana konnte nur ahnen, welche Waffe in Albina's weißem Körper schlummerte. Sie hatten beide eine entscheidende Rolle zu erfüllen. Die Königin prägte sich ganz genau die Vision aus dem Traum in der letzten Nacht ein. Sie merkte sich die Worte, die ihr zugetragen worden waren. Lana würde wissen, wann es soweit war und dann Albina genau diese Worte ins Ohr flüstern. Sie konnte in ihrer Vision erkennen, dass sie beide die Schlacht zu ihren Gunsten beeinflussen könnten. Ein einziges Wesen hatten sie auszuschalten. Lana ahnte nicht, *wer* sich hinter dieser großen, mysteriösen und pechschwarzen Krähe verbarg.

Wenn sie doch nur endlich Salixia an ihrer Seite hätten. Vielleicht hatte *sie* ja Lana's Traum geschickt. Mit der Hilfe der Ur-Ahnin wäre diese Schlacht ganz sicher schneller entschieden und beendet! Die Königin wünschte sich so sehr, dass Salixia noch lebte. Von ihr hatte sie so viel Gutes gelernt und wie wichtig es war, alles Leben zu ehren und vor dem Bösen zu beschützen!

Eilig bestiegen sie nacheinander die Transportkugeln. Damit wären sie am schnellsten unterwegs und würden Farw in kürzester Zeit erreichen. Sie hatten genau besprochen, von welcher Seite sie sich nähern mussten. Ihre Absicht sollte auf keinen Fall vom Norden aus zu erkennen sein. Es war ihre einzige Möglichkeit, diesen Überraschungseffekt bestmöglich zu nutzen.

Sie kamen langsam näher an Farw heran. Plötzlich verdunkelte sich der Horizont auf dem Mond. Retarr und alle Anderen schauten hoch. Die dunkle Wolke flog jedoch über sie hinweg nach Süden. Sie *mussten* sie hier unten gesehen haben. Die Krähen hätten sie leicht aus der Luft angreifen können, aber sie taten es nicht. Da wusste Retarr, dass ihre Verstärkung angekommen sein musste. Diese Erkenntnis gab ihnen neuen Mut. Es war ein kurzer, aber sehr wichtiger Zeitgewinn für ihr gemeinsames Vorhaben.

Brock hatte alles beobachtet. Durch seine zurück gewonnene Gestalt hatte er viel größere Macht erlangt. Er sah sie in den Transportkugeln kommen und lächelte. Salixia und ein weiteres Krähenheer würde sie gebührend empfangen. Seit seiner Vollendung konnte er Vieles, wenn auch nicht Alles sehen, was um ihn herum passierte. Nur Merlon´s Nebel hatte ihn für kurze Zeit blind gemacht. Der Magier besaß schon immer die Gabe, seine Magie einzusetzen mit den geringsten Mitteln. Selbst ohne seinen Amethyst war er noch gefährlich. `Das hätte ich nicht so leicht unterschätzen dürfen`...sagte Brock zu sich selbst. Aber jetzt war es zu spät und er hatte die neuen Herausforderungen seiner Feinde gesehen. Diese Transportkugeln konnten nur von Lunar kommen. Aber ohne ihre Feenkönigin waren sie nicht mehr so stark. Er freute sich immer noch sehr über Efania's Tod. Allerdings konnte er keine weiteren Überraschungen brauchen. Und diese hier musste sofort im Keim erstickt werden. Gut, dass er sein Heer noch vergrößert hatte. Und die Aufgabe *dieser Gruppe der Lüfte* hatte er sehr deutlich befohlen.

Sie wären noch vor Salixia's Trupp im Süden. Bald würden sie aufeinander treffen und als gemeinsame Übermacht von allen Seiten die Feinde vernichten! `Greift Sie im Süden an. Verstärkung ist aus der Luft auf dem Weg.` Seine Gedanken erreichten Salixia und sie reagierte wie immer als seine Marionette. Ihre Gruppe beschleunigte noch mehr und die Anführer trieben die Krähen weiter vorwärts.

Die ersten Transportkugeln landeten. Barrnon und Efania hielten die befüllten Glasflaschen mit dem wertvollen Inhalt bereit. Plötzlich näherte sich eine dunkle Wolke über ihnen und eine weitere Gruppe von gewandelten Krähen stürmte am Boden von der rechten Seite her auf sie zu. Eine riesige schwarze Krähe führte sie an. Ihre Transportkugeln waren noch nicht alle gelandet. Barrnon hatte keine Wahl. Sie mussten jetzt und hier eine Front bilden. Er und Efania standen dicht an dicht und hofften, dass bald Naransorr mit seinem Heer eintreffen würde.

Retarr rief seine Truppen zusammen. Sie mussten sich in kürzester auf den Weg machen um Brock, den Dunklen zu bekämpfen. Die Schlachten entbrannten bald auf dem ganzen Mond. Menschen, sowie Feen und Fabelwesen waren gezwungen, gegen das Böse den Krieg um alles Leben im Universum zu führen.

Das Schicksal von Salixia

Sie sahen sie von allen Seiten kommen. Am Boden und in der Luft. Über ihnen war diese riesige, dunkle Krähe. Sie sah anders aus als diese furchterregenden Anführer bei der Grotte des Lichts. Sie hatte übergroße, schwarz glänzende Flügel und trotzdem konnte sie auf Beinen laufen wie ein Mensch! Auf ihren kurzen Befehl hin umzingelten ihre Truppen die Transportkugeln noch in der Luft und zerhackten die Außenhüllen, schon bevor eine Landung überhaupt möglich war. Mit ihren scharfen Krallen und Schnäbeln zerstörten sie Alles. Wie Glas zersprangen die Kugeln und krachten völlig außer Kontrolle zu Boden. Dort warteten bereits andere Krähen und rissen die bereits Verletzten in Stücke. Das war nicht nur Krieg. Das war blinde, hasserfüllte Zerstörungswut. Brock hatte ganze Arbeit geleistet. Es waren nicht nur Krieger des Bösen...es waren gefühllose Monster!

Überall prallten die Kämpfenden aufeinander. Die sich treffenden Klingen und die Schreie hörten nicht auf. Eine letzte Kugel war noch im Anflug. Gewarnt durch das ganze Geschehen landete Lana mit Albina ein kleines Stück abseits der Kämpfe. Sie konnten unversehrt die Transportkugel verlassen und die Königin wappnete sich mit dem Licht von Lunar. Sie erkannten ihr Ziel! Das musste *sie* sein! Diese eine, schwarze Krähe war die Aufgabe aus ihrem Traum. Die dunkle Gestalt entdeckte Lana in dem Moment, als sie sich auf Efania und Barrnon stürzen wollte. Die Feenkönigin und der Herrscher waren nicht tot! Sie hatten sie und Brock hinters Licht geführt! Aber das würde sie jetzt ändern! Allerdings musste sie zuerst diese *andere* Fee beseitigen. Das Licht und ihre Macht darüber würde sie ansonsten zu viele ihrer Krähenkinder kosten.

Lana und Albina umgab eine Aura aus gleißendem, hellen Licht. Sie sahen die Krähe auf sich zukommen. Das Licht war noch stärker als vor Tagen bei der Grotte. Die dunkle Krähe stieß einen grellen Schrei aus und flog ihnen entgegen. `Nicht mehr lange...und Ihr seid tot`...dachte die Dunkle...

Barrnon und Efania sahen die riesige Krähe auf sich zukommen, als sie plötzlich ihre Richtung im Flug änderte. Sie kämpften inmitten des Getümmels gemeinsam Rücken an Rücken gegen diese schwarze Übermacht. Efania sah ängstlich zu ihrer Schwester in der Ferne, aber sie wusste, wie stark Lana und Albina waren. Die große Krähe hatte es auf sie abgesehen! Sie nickte Barrnon zu und schlug sich in die Richtung durch, wo Lana und die Dunkle bald aufeinander treffen würden. Die Schwerter des Lichts waren die besseren Waffen! Wie erhofft, zerfielen die Krähen bei der kleinsten Berührung zu Staub. Sie selbst mussten nur den Hieben der dunklen Truppen gekonnt ausweichen. Naransorr musste bald eintreffen. „Haltet durch!" schrie Barrnon. „Unsere Hilfe naht!"

Lana stieg mit erhobenem Haupt von Albina herab. Die Stute neigte ihren Kopf gegen die Stirn der Königin. Albina spürte, dass jetzt ihr Moment endlich gekommen war. Lana flüsterte ihr die Worte ins Ohr: „Wandle Dich, wandle Dich *jetzt, mein treues Beschützertier…"*

Nur eine Sekunde später bäumte sich die Stute auf und entfaltete in einem atemberaubenden Szenario plötzlich riesige Schwingen. Lana war aufgeregt und fasziniert von dem Geschehen. Albina wandelte sich in einen weißen Phönix! Es war Zeit! Sie stieg auf und nur einen kurzen Augenblick später prallten sie mit der Krähe zusammen. Das Licht konnte ihr im Gegensatz zu den anderen Krähen in keinster Weise schaden. Was für eine dunkle Magie wurde hier nur benutzt? Lana versuchte sich zu halten, während Phönix sich im Flug in die Seiten der Krähe hinein krallte und verbiss. Die Wirklichkeit war noch viel realer und heftiger als in Lana´s Traum. Aber sie fühlte in ihrem Inneren diese Sicherheit, gelenkt zu werden. Und Phönix war noch größer und stärker als die Krähe. Es war besiegelt! Nach einem weiterem, kurzen Ringen biss Phönix der Krähe in den Nacken. In ihrem großen Schmerz schrie die Dunkle auf. Alle stürzten gemeinsam zu Boden, als die Krähe einen letzten Versuch unternahm, sich zu befreien.

Brock spürte einen bisher unbekannten Stich in seiner Brust. Salixia…ihr musste etwas geschehen sein. Er konnte nichts sehen. Daran war dieses Licht schuld. Seine Wut stieg ins Unermessliche…

Am Boden geschah etwas Unerwartetes. Dunkle Schwaden umgaben die Krähe und verließen langsam ihren Körper. Er veränderte sich. Nach und nach kamen menschengleiche Züge zum Vorschein. Lange, schwarz glänzende Haare umgaben ein gütiges Gesicht. Lana stand starr vor Schreck vor ihr. Die Gestalt am Boden war benommen und blutete stark aus ihren

Wunden. Lana konnte es nicht verstehen und schüttelte heftig ihren Kopf. Efania stand inzwischen neben ihr und stütze ihre Schwester, die laut aufgeschrien hatte. „Nein! Das darf nicht sein! Salixia...neeeeeiiiinnn!" Phönix wieherte nervös und Lana's Knie versagten. Sie kroch neben Salixia und hob sie schluchzend in ihre Arme. Überall war Blut. Die Wunde in Salixia's Nacken klaffte auseinander. Da öffnete die Ur-Ahnin kurz ihre Augen und sah Lana und Phönix an, als ob sie nicht wusste, was geschehen war.

„Lana, Albina?...was habe ich Euch nur angetan? Es tut mir so leid. Ich kann mich kaum an Etwas erinnern. Es ist alles so dunkel und verschwommen in meinem Kopf." Dann wurde sie bewusstlos.

Durch Salixia's schwindende Kraft konnten sich die Krähen in der Luft nicht mehr am Boden wandeln. Gegen die restlichen Zweibeinigen sah Barrnon seine Chance. Mit dem Licht von Lunar streckte er die letzten von ihnen nieder. Er sah Efania bei Lana und Albina und lief ihnen entgegen. Als er die Ur-Ahnin blutend am Boden sah, konnte er seinen Augen fast nicht trauen. Aber jetzt wurde manches klarer. Trotzdem...wie konnte Brock nur Macht über *sie* erlangen? Es war unmöglich *ihr eigener* Wille, der sie zu dem gemacht hatte, was sie in den letzten Tagen war!

Efania kannte ihre Schwester gut. Sie sah, wie sie litt und wusste, was sie tun musste. „Sie ist unser aller Mutter! Geh, und bring sie mit Phönix zum Lebensbaum. Ich weiß, dass Du es versuchen musst! Aber sei vorsichtig und lass auch dort Phönix in Eurer Nähe. Auch das hier könnte zu Brock's Plan gehören!"

Lana wusste, dass dieser Versuch gefährlich war. Wie viel schwarze Magie konnte noch in Salixia sein? Aber sie hatte keine Wahl. Sie könnte es sich niemals verzeihen, wenn sie jetzt diesen Versuch nicht wagen würde. Sie umarmte Efania und dankte ihr. Sie mussten sich beeilen und Phönix war schnell. Barrnon hob Salixia behutsam hoch auf seine starken Arme und half, sie auf den Rücken von Phönix zu heben. Lana hielt sie fest umklammert und nahm die letzte Flasche Licht zur Hand. Es würde sie Alle umgeben und halten auf ihrem Weg nach Lunar.

Jessaria und Lenara fühlten einen Schmerz wie nie zuvor. Sie waren beim Lebensbaum und schickten Kraft und Licht zu ihren Bewohnern und den Menschen. Nicht nur Brock konnte in diesen Zeiten sehen. Aus irgendeinem Grund hatten sie plötzlich die Fähigkeit, die vorher nur Salixia besaß. Als sie Phönix in einer Vision kommen sahen, hofften sie und bereiteten alles vor.

Barrnon und Efania waren noch wie betäubt. Sie konnten das, was geschehen war, noch immer nicht fassen. Doch sie durften nicht   zulassen, dass Wut und Entsetzen ihnen bei den bevorstehenden Kämpfen im Wege standen. Es war noch nicht vorbei! Stattdessen versuchten sie, den übrig gebliebenen Kämpfern neuen Mut zuzusprechen.

Die Hilfe nahte. Sie hörten sie kommen. Der König war da. Ein beeindruckendes Heer stand hinter ihm. Naransorr sah das Schlachtfeld und seine Augen waren voller Angst, als er Lana nicht entdecken konnte. Efania ging sofort auf ihn zu und berichtete ihm, was geschehen war. Wieder sorgte er sich um seine Königin. Aber das Geschehene hatte Niemand aufhalten können. Sie musste jetzt diesen Versuch unternehmen. Er kannte ihr Feingespür, sie würde wissen, wenn Gefahr drohte. Sie spürte auch die bevorstehende Veränderung von Albina und sie hatte mit Allem Recht. Das wusste er nun und vertraute darauf. Ein weiteres Mal.

Gemeinsam fühlten sie sich stärker. Sie begaben sich auf den Weg in den Norden. Dort würden sie hoffentlich Retarr und sein Gefolge noch lebend antreffen.

Die Schlacht im Norden

Die Nacht vor der Entscheidung war angebrochen. Es war dunkel, der Himmel war ohne Sterne. Sie würden morgen bei Anbruch des Tages vor den Höhlen eintreffen. Für die letzten Stunden bis zum Morgengrauen schlugen sie noch einmal ein Nachtlager auf. Sie hatten eine geschützte Stelle zwischen Bäumen und den ersten Felsen des Nordens dafür gewählt. Von hier konnten sie jede Bewegung von den höheren Baumwipfeln aus beobachten. Männer und Frauen mussten unbedingt neue Kräfte sammeln. Doch nach Allem, was geschehen war, würden wohl die Wenigsten von ihnen in tiefen Schlaf versinken können. Die unbarmherzige Art der Krähen blieb kein Geheimnis. Die Überlebenden von Lunar und auch diejenigen, die ihren Wunden auf Farw anschließend erlegen waren, sprachen aus, was alle ahnten. Viele hatten nach den Kämpfen schreckliche Albträume. Die Angst war überall zu spüren.

Auch Retarr war nervös. Er war erleichtert, dass sie diese Stelle für ihr Lager gefunden hatten, und sie schien noch sicher zu sein. Die hohen Bäume gaben ihm und der Truppe Sicherheit auf der Rückseite und sie boten die beste Möglichkeit für die Wache. Ein Angriff von Brock würde sie hier nicht überraschend treffen. Auch die Falken hatten alles im Blick.

Ihrem scharfen Sehvermögen würde nichts entgehen. Sie waren dafür bestens geeignet und trugen dadurch ein kleines Stück bei zur Beruhigung der angespannten Situation. Das Lager war größtenteils nach vorne hin offen. Bis auf die einzelnen, kleineren Felsen konnten sie alles überblicken. Ob in der Luft oder am Boden...Sie waren vorbereitet und mit ihren neuen Schwertern bestens gerüstet.

Retarr war überzeugt, dass Brock mit großer Wahrscheinlichkeit bei den Höhlen auf sie warten würde. Allein die Position und die Gegebenheiten waren für den Dunklen dort wesentlich besser. In Gedanken an den morgigen Tag setzte er sich stumm zu Morrja an ein kleines Feuer. Drakarr lag oft in ihrer Nähe. Er war in diesen Tagen eine große Hilfe für Alle. So auch heute. Durch ihn musste niemand in dieser Nacht frieren. Sie konnten sich am Abend noch mit einer heißen Suppe stärken, obwohl es schwierig war, auch nur einen einzigen Bissen hinunter zu bekommen. Drakarr zog gerade wieder seine Runden in der Luft und gab den Menschen, genau wie die Falken, ein Gefühl von Sicherheit.

Morrja spürte die kreisenden Gedanken von Retarr. „Du hast Angst um Deine Brüder, nicht wahr?" Er nickte nur. Plötzlich hörten sie einen Laut. Es kam von Drakarr. Aber es war keiner dieser Warnrufe, die Angst auslösen würden. Es hörte sich eher wie eine freudige Begrüßung an. Ähnlich dem Laut, den sie hörten als der Drache mit den Söhnen Barrnon´s bei ihnen angekommen war. Auch die Falken hatten etwas entdeckt und flogen in die gleiche Richtung wie Drakarr. Es waren Viele, die auf sie zukamen! Sehr viele. Ein riesiges Heer war im Anmarsch! Und es waren *keine* Krähen! Angeführt von König Naransorr kam ihre Unterstützung. Und dann sah er sie beide.

Barrnon und Efania lebten! Sein Bruder und die Feenkönigin hatten es geschafft! Erleichterung und pure Freude machten seinen anderen Gefühlen Platz. Barrnon strotzte vor neuer Kraft! Was hatten die Feen nur für Wunder vollbracht nach dieser schweren Verletzung seines Bruders. Retarr und Morrja liefen ihnen entgegen und Morrja weinte vor Glück. Sie waren so froh, Alle wohlauf zu sehen. Retarr nickte dem König zu und Barrnon nahm seine Brüder in seine starken Arme. „Retarr, Karracx, es ist schön, Euch zu sehen!" Jetzt waren sie vereint. „Vater!" Farrnon und Serrcon rannten ihm entgegen...alle waren inzwischen durch das Ankommen des Heeres auf den Beinen. Dankbarkeit und neue Hoffnung machte sich breit. Drakarr ließ Barrnon nicht aus den Augen. Der Herrscher von Thumar ging zu seinem Beschützertier und drückte sich an seine Seite. Es tat so gut, ihn und Darrcon wohlauf zu sehen. „Ruh Dich aus mein Freund. Wir können uns nun abwechseln mit der Wache. Wir brauchen Dein Feuer und Deine Stärke morgen." Das ließ sich Drakarr nicht zweimal sagen. Er blieb ganz dicht in Barrnon´s Nähe und gab bei einem leichten Schlummern mit gelegentlichem Augenzwinkern zufriedene Laute von sich.

Zuversicht! Da war sie endlich wieder! Zusammen waren sie damals schon stark. Brock war bereits geschwächt. Wenn es im Süden wirklich keine Täuschung war und Salixia jetzt in ihrer Ur-Ahninnen-Gestalt blieb, hatte er einen großen Verlust erlitten. Es war zu echt...sie konnten sich nicht vorstellen, dass Brock hier nur eine List für sie ausgedacht hatte. König Naransorr machte sich dennoch große Sorgen. Efania sprach ihm Mut zu. „Glaube an Lana. Ihr Herz blutet vor Schmerz , aber sie ist stärker als das Böse! Brock hat jetzt keine Macht mehr über Salixia!"

Sie saßen am Feuer zusammen und schmiedeten ihren neuen, gemeinsamen Plan. Mit einem solch großen Heer, dem König, dem Magier, allen Herrschern der Monde und ihren kämpferischen Frauen, allen Beschützertieren und Fabelwesen...*und* Efania, der Feenkönigin von Lunar...was konnte Brock ihnen wohl noch entgegen bringen? Ihr Plan stand fest. Sie würden alles auf eine Karte setzen. Der Überraschungseffekt war auf beiden Seiten vorbei. Auch der Dunkle würde inzwischen auf alles vorbereitet sein und mit Hylar hatte er sich eine Bestie geschaffen. Durch die lange Gefangenschaft war ihre Wut und Bösartigkeit mit Sicherheit noch gewachsen. Barrnon sah zu seinem Freund Drakarr. Darrcon machte ihm große Sorgen. Inzwischen kannte der wohl die ganze Wahrheit. Barrnon wünschte, es könnte eine andere Möglichkeit geben. Aber Drakarr würde morgen seine alte Liebe und die Mutter seines Sohnes angreifen und aufhalten müssen. Das war auch ohne Worte klar. Darrcon musste hier im Lager bleiben. Merlon hatte es ihm, genauso wie Drakarr, nahegelegt. Er würde die leicht Verletzten der südlichen Kämpfe beschützen, die sie nun dank der Größe des Heeres entbehren konnten. Darrcon war nicht einverstanden. Wie sollte es auch anders sein. Aber als Merlon seinem Vater den Rücken stärkte, fühlte er sich noch in dessen Schuld und willigte am Ende mürrisch ein. Es war ihm immer noch nicht bewusst, dass seine eigene Mutter ihn töten oder auf die Seite des Dunklen ziehen konnte.

Das Horn des Heeres von Terrar ertönte. Sie waren bereit für den Aufbruch. Der König würde das gesamte Heer anführen. An seiner Seite waren die Herrscher mit ihren Beschützertieren und die Feenkönigin mit ihren starken Raubkatzen. Sie bildeten die stärkste gemeinsame Front aller Zeiten. Alle zusammen gegen das Böse. Eine geballte Gemeinschaft zog in den Krieg!

Brock war bereit! Und wie er das war! So lange hatte er auf diesen Moment gewartet. Die Rückschläge konnte er verschmerzen. Er musste nur seine Wut darüber beherrschen. In seinem Inneren bebte es trotzdem. Wie sehr würde er die Momente genießen, wenn Einer nach dem Anderen seiner Feinde den letzten Lebenshauch ausatmete. Seit sich seine düstere Gestalt wieder vollständig formiert hatte, waren seine bösen Gedanken und Gefühle noch stärker und präsenter als jemals zuvor. Die dunkle Aura umgab ihn wie ein schwarzer, kreisender Tornado. Wo blieb nur Salixia? Keine einzige Krähe war bisher von den südlichen Kämpfen zurück gekommen! Er schickte ihr seit geraumer Zeit Gedanken, aber keinerlei Reaktionen kamen von ihr bei ihm an. Er hasste es, nicht Alles sehen zu können. Seine Macht war groß, aber Merlon hatte einige seiner seherischen Fähigkeiten in den letzten Stunden in Nebel getaucht. Wie gut nur, dass er so viele der großen Krähen-Anführer hatte. Einer dieser Riesen kämpfte wie zwanzig der Anderen. Sie waren gezüchtet worden, um zu vernichten. Es gab keine Alternative. Diese hier würden nicht aufgeben! Niemals! Bis zum Ende!

Sie verteilten sich auf den höchsten Felsen über den Höhlen. Hinter jedem der Anführer stand ein eigenes Heer von Krähen. Hylar positionierte sich auf dem höchsten Punkt über dem Eingang der Höhle ihres Herrn. Sie hatte immer noch keine Ahnung, welcher Geruch es gestern war, der sie so merkwürdig gestimmt hatte. Nach den ersten Momenten von Brock's Worten, in der sich ihre Gier nach so *vielen* Menschen steigerte, kam die Erinnerung daran kurz danach zurück. Dass

Brock ihren eigenen Sohn festgehalten hatte und ihm mit Merlon die Flucht gelang, würde sie niemals erfahren. Brock's Plan mit Darrcon war ein anderer. Aber er konnte deshalb nicht alles ändern. Hylar war jetzt und hier seine stärkste Waffe. Auf sie konnte er sich genauso verlassen wie auf die Anführer-Krähen. Die tiefe Wut in Hylar würde ausreichen, um Drakarr zu besiegen. Da war Brock sich ganz sicher! *Und* der Drache könnte *sie* nicht töten. Das einstige Gefühl von Liebe zu ihr war Drakarr's größte Schwachstelle. Und *ihr* Panzer war hart wie Stahl! Brock fühlte sich mit ihr an seiner Seite überlegen.

Er erhob sich von seinem Thron und ging zum Ausgang seiner Höhle. Genau hier, an diesem Ort, wurde damals sein Ende besiegelt, und genau hier wurde seine Wiedergeburt Wirklichkeit und die Rückkehr des dunklen Königs und des Bösen hatte begonnen.

Brock trat heraus und schaute sich um. Mit einer tiefen Befriedigung sah er überall seine Anführer und hörte über sich Hylar schnauben. Vor dieser neu erschaffenen, riesigen dunklen Macht würden sie Alle erzittern! Es kam wieder in ihm hoch. Der Gedanke der Zerstörung allen Lebens. Er suhlte sich darin und ergötzte sich an der Vorstellung, das es bald dazu kommen würde. Diese ganzen, dummen Kreaturen würden alle in ihr Verderben laufen und er würde ihnen dabei zusehen!

Das Heer erreichte den Norden. Die Kälte war immer noch unerträglich und das Zittern kehrte zurück. Jetzt, wo sie das gesamte Ausmaß von Brock's Reich sahen, war auch die Angst wieder zu spüren. Der Tag war noch nicht vollständig angebrochen, aber *sie* konnte jeder auch aus weiter Ferne erkennen. Hylar stand aufrecht, mit ausgebreiteten Schwingen und gefährlichen, gierigen Augen bildete sie die Spitze des Bösen genau über ihrem Herrn. Naransorr wollte nicht zulassen, dass dieser Anblick seinem Heer den Mut wieder nahm. Er besaß alle Eigenschaften, die einen guten und starken König ausmachten. Deshalb ritt er an seinem ganzen, versammelten Heer entlang. Er rief ihnen noch einmal zu, nicht aufzugeben. Er beschwor sie, weiter fest an den Sieg des Guten zu denken. Er bestärkte sie in dem Glauben, *gemeinsam die größere* Macht zu sein und das Böse für immer vernichten zu können. Niemals waren sie so stark wie heute und hier! Mit aller Kraft und großer Magie würden sie es schaffen! Sie hoben ihre Waffen und schrien gemeinsam...*Siiiieeeg!!! Tot dem Bösen!!! Tod dem dunklen König!!!*

Als Merlon mit Drakarr die ersten Feuerballen anzündete um sie in Richtung Höhlen zu werfen, wurde es schlagartig hell. Sie wollten dem dunklen Heer die Sicht verschleiern, aber sie selbst erkannten dadurch die Augen des Bösen. Brock schaute über Hylar direkt in ihre Seelen. Er schleuderte ihnen seinen ganzen Hass entgegen und versuchte, in die Gedanken ihrer Köpfe einzudringen.

Und so begann es. Beide Seiten stürmten sich entgegen. In der Luft und am Boden entbrannten Kämpfe um Leben und Tod.

Drakarr konnte Hylar im letzten Moment davon abhalten, auf Barrnon loszugehen. Sie hasste ihn und seine Feenkönigin! Wie konnte *sie* noch leben? Barrnon wollte Hylar als ersten der Herrscher töten. In ihrem Schlund war das Feuer bereit. Drakarr breitete seine Schwingen vor ihr aus und hielt ihre Flamme mit seiner auf.

Ein erbitterter Kampf begann zwischen zwei Wesen, die sich einst mehr geliebt hatten als alles Andere. Drakarr konnte Hylar nicht verletzten. Der Panzer der schwarzen Magie war undurchdringlich. Aber ihr Kopf war ihre Schwachstelle. Immer wieder versuchte er, sie zu Boden zu stürzen und sie so außer Gefecht zu setzen. Ein dumpfer Aufprall würde sie vielleicht bewusstlos oder zumindest kampfunfähig machen. Sie umkreisten sich wie Wirbelwinde und stießen anschließend von Neuem aufeinander. Im Gegensatz zu Hylar trug Drakarr tiefe Schnittwunden davon. Hylar verletzte ihn mit ihren scharfen Krallen und schlug blutige Spuren mit der Spitze ihres Schweifs in seine Drachenhaut. Er stöhnte mehrmals auf und versuchte, Hylar vom Kampfgeschehen immer weiter zu entfernen.

Plötzlich hörten sie unter sich einen Aufschrei. „Mama, Papa, NEIIIIN!" Hylar lockerte ihren Griff und beide fielen zu Boden. Drakarr hatte nicht bemerkt, wie nahe sie dem Nachtlager gekommen waren. Hylar wollte auf ihren Sohn los. Sie wollte Darrcon tatsächlich in ihrer blinden Wut töten! Alle verletzten Menschen im Lager schrien in Todesangst. „Mama bitte...BITTE!" Darrcon´s Flehen wurde immer verzweifelter, je näher sie zu ihm kam. Sie duckte sich in Angriffsposition und Drakarr versuchte mit aller Kraft sie daran zu hindern. Wie lange würde er sie mit seinen Schwingen noch halten können? Seine Kraft schien zu weichen.

Vor den Höhlen kämpften beide Seiten mit allen Waffen, die sie hatten. Brock hielt sich immer noch vor der großen Höhle auf und nahm nun Naransorr ins Visier. Der König kam immer näher zu ihm und etliche Krähen fielen durch sein Schwert. Der König wollte den Dunklen selbst bezwingen. Diese inzwischen noch hässlichere Fratze mit ihren dunkelroten Augen, die damals für den Tod seines Vaters Terus verantwortlich war. Beide wollten den Anderen sterben sehen! Immer näher kamen sie sich. Naransorr´s Schwert vernichtete eine Krähe nach der Anderen. Selbst die Riesen unter ihnen zerfielen zu Staub. Sie waren für den König zu schwerfällig und nicht schnell genug. Terus hatte seinem Sohn in vielen Stunden das Kämpfen beigebracht. Damals fiel es Naransorr oft schwer. Er sah in seinem jungen Leben keinen Sinn darin. Immer und immer wieder musste er üben, sein Schwert erheben und alle möglichen Ausweichmanöver trainieren. Jetzt war er dankbar für all diese Momente mit seinem Vater. Er würde ihn hier und heute rächen! Und er wusste, dass es Terus stolz machen würde, wenn er dem Bösen mit seinen Kampfkünsten soviel Schaden wie möglich zufügte.

Nur noch ein paar Schritte. Brock glaubte des König´s Furcht und Zweifel zu fühlen. Angstschweiß umgab seine Krähen von allen Seiten. Der Dunkle wollte in Naransorr´s Kopf aber der König wehrte sich. Es war Brock egal. Er würde auch anders sein Ziel erreichen. Er kämpfte sich endlich in Naransorr´s Nähe. Seine giftigen Speere und Messer fanden genauso ihre Ziele und endlich standen sie sich gegenüber.

Barrnon und Efania kämpften an der linken Seite. Rechts von Naransorr bahnten sich Retarr, Karracx und Barrnon´s Söhne eine Schneise durch die Krähen. Ihre Schwerter und die Lichter von Lunar vernichteten mehr von ihnen, als Brock es erwartet hatte. Seine Wut wurde immer größer. Noch war nicht abzusehen, *wer* am Ende die Oberhand erlangen würde. Und wo war Hylar abgeblieben?

Merlon hielt sich fast überall gleichzeitig auf. Schnell wechselte er mit Hilfe seiner Magie die Seiten und unterstütze mit der Kraft des Amethyst diejenigen, die in die Enge getrieben wurden.

Brumarr verteilte mit seinen Tatzen tödliche Hiebe. Lisseja und Punkarri hatten ihren Raubtierinstinkten freien Lauf gelassen. Sie sprangen die hässlichen Kreaturen immer wieder an und rissen sie mit einem einzigen Biss zu Boden. Die Falken hatten in der Luft keine einfache Aufgabe. Inzwischen war auch Karon da und kämpfte mit seinem Bruder Falkarr gemeinsam in der Luft. Die Falken waren schneller und wendiger als die Krähen und froh, dass Barrnon und Efania am Boden das Übermaß der schwarzen Monster mit dem Licht von Lunar so stark reduzieren konnten. So war Brock gezwungen, seine Strategie zu ändern. Er brauchte die meisten der Krähen in *seiner* Nähe.

Brock und Naransorr ließen sich Zeit. Wie Raubtiere umkreisten sie sich. Um sie herum schien alles stehen zu bleiben. Sie kannten nur diesen Moment und ihre Blicke nur den *einen* Feind.

Ihre Waffen trafen sich. Beide kämpften schnell, hart und listig. Brock wich genauso gekonnt den gezielten Hieben des Schwertes aus wie Naransorr der Speerspitze des Dunklen. Er drehte ihn immer wieder über seiner schwarzen Gestalt und stach dann plötzlich nach vorne zu. Da traf Brock sein Ziel! Doch es war nur des Königs Rüstung. Abgelenkt von seinem ersten Treffer und seiner selbstherrlichen Sicherheit bemerkte Brock nicht, dass ein helles Licht auf sie zukam und etwas Großes bereits im Visier hatte.

Das Ende

Sie hatten alles versucht. Phoenix war so schnell, dass es trotz der Schutzhülle aus Licht schwierig war, Salixia ruhig zu halten und die Blutungen nicht noch zu verschlimmern. Aber was hatten sie schon für eine Wahl? Auch Phoenix fühlte, dass das Geschehene nicht wirklich zu verstehen war. Sie waren Beide völlig durcheinander und verzweifelt. Diese Aufgabe fühlte sich im Nachhinein so falsch an. Warum nur hatte das Göttliche *das* zugelassen? Sollte *so* ihr Schicksal sein? Lana konnte noch immer ihre Tränen nicht zurückhalten. Seit dem Aufbruch von Farw weinte sie ununterbrochen.

Jessaria und Lenara ahnten das Geschehene bereits, *bevor* Lana mit Salixia auf dem Weg zu ihnen war. Sie sahen es, als sie den Lebensbaum berührten. Aber sie wussten in keinster Weise, *wie* es zu Salixia´s Veränderung kommen konnte. Sie wollten das Schlimmste verhindern. Aber sie konnten Nichts mehr tun. Es gab für Sie keine Möglichkeit mehr, von Lunar aus schnell genug auf Farw zu sein, um Salixia zu retten. Es vergingen nur Sekunden, bis das, was sie durch den Lebensbaum sahen, tatsächlich geschah.

Eine letzte Botschaft hatte die Ur-Ahnin wohl tief aus ihrem

Inneren an ihre beiden Ur-Ahnen-Schwestern geschickt, *bevor* sie mit Phoenix zusammengestoßen war. Weder Jessaria noch Lenara waren in der Lage, *früher* zu erkennen, was mit Salixia Tage vorher geschehen war. Dafür hatte Brock mit seiner dunklen Magie gesorgt. Sie hatte nur einen einzigen, kurzen Moment, ihre nicht vom Dunklen geleiteten Gedanken an sie zu schicken, als das Licht *sie zusammen* mit Lana und Phoenix umgab. *'Niemand trägt die Schuld, außer dem Bösen selbst! Sagt ihnen das! Wir alle haben unser Schicksal zu erfüllen. Es ist die Bestimmung unseres Daseins auf immer und ewig!'*

Jessaria und Lenara waren die Einzigen, die die magische Lichtschranke direkt über dem Lebensbaum öffnen konnten. Jetzt war ihr so wertvoller, geschützter Ort sichtbar und zugänglich. Aber darauf konnten sie jetzt keine Rücksicht mehr nehmen. Phoenix war zu groß für den Weg durch die Gänge und es hätte wertvolle Zeit gekostet. Es war das erste Mal, dass ein Wesen aus dem Himmel an diesem Ort landete. Lana steuerte Phoenix in die Nähe des Baumes und seiner Wurzeln. Jessaria und Lenara sahen nun das ganze Ausmaß von Salixia´s Verletzungen. Der Baum hatte nicht mehr genug Kraft. Nachdem alle Kristalle und Samen geerntet waren, gab es keine Hoffnung mehr. Salixia lag im Sterben. Es zerbrach Phoenix und Lana innerlich. Jessaria trat an ihre Seite und legte ihre Hände auf die Schulter der Königin. Lenara schritt zu Phoenix und berührte das traurige Tier sanft an seinem Kopf.

„Salixia hatte uns kurz vor Eurem Zusammenstoß eine Botschaft geschickt. In Eurer Aura des Lichts hatte wohl Brock für einen letzten Augenblick seine Macht über sie verloren. Sie betonte, dass *nur* das Böse die Schuld an dem Geschehenen trifft. Wir haben alle nur ahnen können, dass ihr etwas

Furchtbares zugestoßen war. Aber wir hatten nie eine Chance, sie zu retten oder etwas dagegen zu unternehmen. Ihre letzten Worte waren, dass wir Alle unser Schicksal erfüllen müssen. Zweifelt niemals an ihrer Liebe. Sie selbst trug die größte in sich, die uns das Göttliche jemals geschenkt hat. Sie hat ihr Leben *für uns Alle* geopfert."

Salixia stöhnte. Sie knieten sich zu ihr und hielten ihren Kopf und Hände. Sie öffnete die Augen und eine große Traurigkeit lag darin. Aber sie erkannten auch Hoffnung. „Wir sehen uns wieder..." flüsterte sie. „Ich liebe Euch Alle so sehr!" Mit jedem ihrer weiteren, letzten Atemzüge starb auch ein weiterer Ast des Lebensbaumes. Als sie ihre Augen für immer schloss, ächzte der Baum ein letztes Mal. Alles Leben war *auch aus ihm* verschwunden. Das Blut aus Salixia's Wunden breitete sich über den Wurzeln aus und zerstörte auch das restliche Leben in ihnen. Salixia war im Tod wieder so strahlend schön, wie Alle sie als Ur-Ahnin kannten. Es wurde immer heller um sie herum, bevor sie als Sternenstaub kreisend zum Himmel empor gehoben wurde. Ein letztes Mal umhüllte sie ihre Lieben wie eine tröstende, weiche und warme Decke.

Jetzt ließen sie ihren Tränen gemeinsam freien Lauf. Zu groß war in diesem Moment der Schmerz und der Verlust. Sie hielten sich fest umarmt und weinten bitterlich. Nach einer kurzen Weile stupste Phoenix Lana sanft an. Sie verstanden, was zu tun war. Salixia hatte es noch vor ihrem Tod gesagt. Sie mussten *die Rettung* für die Anderen sein. Das Schicksal wartete nicht!

Als sie sich erhoben, sahen sie die schwarze Pfeilspitze zwischen den Wurzeln des toten Baumes liegen. Jetzt verstanden sie Alles. *Sie* war die große, schwarze Krähe, die Terus damals tötete. Salixia war von Brock schon bei der Schlacht vergiftet worden und niemand ahnte es, noch nicht einmal sie selbst! Wie konnte Brock nur *diese* Macht besitzen? Niemals durfte man die dunkle Magie unterschätzen.

Wie sollte es nun weitergehen? Und was würde noch geschehen? Wie konnte das Alles der Plan des Göttlichen sein? Als Jessaria ihre Tränen weg wischte und ihre Augen öffnete, sah Lenara etwas in ihnen leuchten. Da glitzerte und spiegelte sich etwas ganz deutlich! Und sie kannten es! Da war sie! Die Hoffnung! *Ein letzter, kleiner Kristall und ein einzelnes Samenkörnchen lag zu ihren Füßen!*

Jetzt war der Rest von Lana´s Traum ganz klar vor ihr. Sie vernichtete im Traum ein Ungeheuer. Aber das war nicht Salixia. Sie und Phoenix mussten zurück nach Farw! Und das schnell! Lana´s Wut und Kampfgeist kehrten zurück. Sie spürte Salixia in ihrem Herzen. Sie würde *immer* bei ihr sein und sie begleiten! Sie würden ihr Schicksal genauso erfüllen und den Dunklen bestrafen für Alles, was er ihnen und Salixia angetan hatte!

„Du weißt Lana, wie viel Freude Salixia hatte, als sie Dir Albina mit ihrer ganzen Liebe schenkte. Diese Entscheidung traf sie aus tiefstem Herzen. Vielleicht hatte sie im letzten Moment eine Ahnung und wollte ihr Ende selbst entscheiden. Sie tat es aus Liebe zu uns und der Schöpfung alles Lebens, was in unserem Universum existiert!" Jessaria umarmte bei diesen Worten die Königin. Lenara gab ihr zum Abschied noch einen Kuss auf ihre Stirn.

Lana stieg auf Phoenix auf und begab sich auf den Rückweg nach Farw, um das Böse und seine Macht für immer auszuschalten.

„Es muss immer ein Gleichgewicht geben!"

Jetzt konnten Jessaria und Lenara das Göttliche hören, wie es zu ihnen sprach. Es war so, wie Salixia es ihnen immer erzählte...

Längst waren die Bewohner beim Lebensbaum und sahen, wie Lana und Phönix davon flogen. Viele von ihnen weinten, nachdem sie hörten, das Salixia in die Anderswelt übergetreten war. Sie reichten sich die Hände und fingen an, *die* Melodie anzustimmen, die nur für die Ur-Ahninnen bestimmt war. Der Lebensbaum war mit ihr gestorben. Aber Jessaria hatte das Wertvollste für einen Neubeginn in ihrer Hand, die sie Lenara reichte und für einen kurzen Moment konnten sie Beide wieder lächeln.

Die Entscheidung

Es war kräftezehrend. Aber es musste sein. Sie würden noch schneller sein, als mit der verletzten Salixia auf dem Weg nach Lunar. Jetzt geht es um noch mehr. Es geht um Viele...es geht um *Alles*! Lana setzte wieder etwas von ihrem Licht ein, um mit Phönix eine Einheit zu bilden. Sie hielt sich ganz fest im Gefieder und versuchte gedanklich ihren Traum aus dieser einen Nacht wieder in ihre Erinnerung zu bringen. Tief im Inneren ahnte sie bereits, *welches* Ungeheuer sie als Aufgabe hatte. Sie kamen schnell näher. Farw war zu sehen und der Norden war nah.

Verängstigte Menschen flohen ihnen entgegen und in der Ferne waren Laute von kämpfenden Drachen zu hören. Lana hörte die verzweifelten Schreie von Darrcon. Was würde Drakarr's Sohn nur mit ansehen müssen?

Weiter im Norden waren die Kämpfe auf ihrem Höhepunkt. Lana überblickte das Feld und entschied sich schnell für das, was sie im Traum nun endlich deutlich vor sich hatte. Sie kam zur rechten Zeit. Bald, sehr bald Brock, wirst *Du* derjenige sein, der nicht mehr unter uns ist! Dafür werden wir nun sorgen!

Hylar und Drakarr kämpften wieder in der Luft. Drakarr hatte es mit aller Kraft geschafft, sie hochzureißen und von Darrcon zu entfernen. Lana erkannte, dass Drakarr am Ende seiner Kräfte war. Und Darrcon, der verzweifelt am Boden wimmerte und versuchte mit flehenden Worten die Erinnerung seiner Mutter zu wecken und damit das Böse in ihr zu löschen.

Barrnon und Efania waren umzingelt. Die riesigen Krähen hatten sie in der Falle! `Wenn sie jetzt sterben müssten, würden sie es gemeinsam`, dachte Barrnon. Ein letztes Mal Rücken an Rücken. Er spürte den wilden Herzschlag und die heftige Atmung von Efania. „Ich liebe Dich auch", sagte Efania und stürmte dem ersten Krähen-Anführer entgegen.

Retarr, Morrja, Karracx, Xenara, Farrnon, Serrcon...sie kämpften seit Stunden und auch ihre Kräfte schwanden. Sie sahen Brock und Naransorr. Es durfte sich nicht wiederholen!

Was war das am Himmel? Brock sah es nur aus dem Augenwinkel und konzentrierte sich auf die Vernichtung Naransorr´s. Plötzlich wurde ein Gesang durch die Lüfte zu ihnen getragen. Es übertönte sogar das schreckliche Kampfgeschehen. Diese Klänge galten Salixia! Seiner Krähe! Das war zu viel...Brock schäumte vor Raserei und holte aus zum tödlichen Stoß. Sein Speer zielte genau auf Naransorr´s Herz.

Lana leitete Phoenix. Sie stieg in der Nähe von Darrcon ab und sprach zu Phoenix. Er stieg in die Lüfte und mit seinen großen, weißen Schwingen umschloss er die kämpfenden Drachen. Darrcon wollte hoch, aber Lana hielt ihn mit ihrem Licht davon ab. „Lass mich los, er wird sie Beide töten" bettelte er verzweifelt. „Nein, Darrcon...vertraue mir. Es muss sein. Wir können nichts mehr für Deine Mutter tun. Du weißt es schon lange Zeit tief in Deinem Herzen. Aber Dein Vater...er wird an Deiner Seite sein, solange er lebt. Wir müssen *ihn* retten"! Darrcon spürte trotz seiner Verzweiflung, dass die Königin ihm nur helfen wollte und sie die Wahrheit sagte. Es tat nur so furchtbar weh. Aber seine eigene Mutter wollte ihn und seinen Vater töten. Er brachte es nur nicht fertig, dass wirklich zu glauben. Resigniert sah er weiter zu und hoffte, dass er seinen Vater nicht auch noch verlieren würde. Phoenix war stark. Stärker als Hylar. Der Panzer Hylar's gab in ihrem Nacken nach den vielen Attacken nach und ein weißer, spitzer Schnabel drang ein. Hylar schrie auf und alle drei stürzten gemeinsam zu Boden.

Brock spürte es in sich. Wie ein Stoß mit dem Speer. Hylar...das konnte nicht sein! Aber es war echt. Beides. Hylar war verletzt und er in diesem Moment auch. Das Schwert des Königs hatte ihn gestreift. Er bäumte sich auf. Wie konnte das geschehen? Er war kurz abgelenkt und jetzt durch des Königs Schwert schwer verletzt. Es war zu spät. Die ersten Anführer-Krähen zerfielen bereits. Brock war verwundet. „Niemals gebe ich auf" schrie er. Ich finde immer einen Weg! Ich werde es schaffen, Euch irgendwann zu vernichten"! Barrnon war da und stieß auch sein Schwert in ihn hinein. Die restlichen Krähen hatten im gleichen Moment keinerlei Kraft mehr und fielen zu Boden. Efania eilte dazu und stieß Brock ihr Schwert mitten in seine Brust. „Das ist für das, was Du mir damals angetan hast!" Brock's dunkler Körper brach zusammen.

Ein Kampf war noch nicht beendet. Hylar's größte Schlacht fand in ihrem Drachenherzen statt. Ihre dunkle Seite wehrte sich. Die schwarze Magie hielt sie noch immer fest. Drakarr und Phoenix ließen sie nicht los. Darrcon rief ihr immer noch flehende Worte zu. „Bitte Mama, kämpfe um uns. Tötet sie nicht. Sie ist doch meine Mutter". Drakarr hatte durch die Unterstützung von Phoenix wieder Kraft gewonnen und hielt Hylar fest. Phoenix öffnete die Stelle über Hylar´s Herzen, wo die Spitze des Pfeils noch saß. Hylar wehrte sich und wollte Feuer spucken, aber Lana war schneller. Sie ließ Darrcon mit ihrem Licht los und sprang zu Hylar. Sie nahm die ganze Flasche und kippte den Inhalt in die Wunde hinein. Sofort veränderten sich Hylar´s Augen...rot...dann grün und wieder rot. Darrcon stand nun direkt vor seiner Mutter und schaute sie an. Drakarr und Phoenix hielten sie immer noch fest. Darrcon hatte im Gegensatz zu seinem Vater nun keine Angst mehr. „Mama...erkennst Du mich? Ich bin es, Darrcon, Dein Sohn. Lass das Gute wieder zu. Lass Dein Herz heilen. Für uns"... Das Grün in Hylar´s Augen kam wieder und blieb. Das Schwarze ihrer Drachenhaut wurde immer heller. Sie erkannte ihn. „Darrcon" flüsterte sie. Hylar´s dunkle Gedanken verschwanden...sie erinnerte sich an Drakarr und an die gemeinsame Zeit mit Barrnon. Alles war wieder da. Voller Liebe blickte sie Drakarr und Darrcon an, als sie sich schmerzerfüllt plötzlich aufbäumte.

„Hylar war mein! Und *ihr* werdet bald alle sterben!" Brock´s übrige Macht und der Rest seiner dunklen Magie ließen Hylar zusammenbrechen. Mit ihrem letzten Atemzug presste sie ihre letzten Worte hervor: „Ich liebe Euch so sehr. Immer werde ich über Euch wachen! Verzeiht mir!" Dann schloss sie ihre wunderschönen, grünen Drachenaugen für immer.

Nach seiner letzten Drohung löste Brock sich auf...Dann war

alles vorbei. Der Thron zerbrach mit all seinen spitzen, eisigen Felsen. Die Höhlen stürzten ein und große, dunkle Wolken machten nach und nach dem blauen Himmel Platz. Das Böse war besiegt!

Drakarr nahm seinen schluchzenden Sohn unter seine Schwingen. Beide weinten riesige Drachen-tränen. Lana schritt zu ihnen und versuchte, sie zu trösten. „Es tut mir so leid, Darrcon. Ich fühle mit Dir und Deinem Vater. Auch ich habe heute meine Mutter verloren. Wir hatten nur diese *eine* Möglichkeit, genau wie bei Salixia. Viel zu lange waren sie Beide auf der dunklen Seite. Keine von ihnen hatte eine wirkliche Chance, der schwarzen Magie zu entkommen". Sie tropfte noch den letzten Tropfen des Lichts auf die größte Wunde von Drakarr und sprach weiter: „Du hast Deinen Vater. Er liebt Dich so sehr. Drachen leben weiter in den Sternen. Von dort behüten sie Alles, was sie jemals geliebt haben! *Auch ich* habe einen Sohn. Er heißt Terus, der Zweite. Für die, die wir lieben, müssen wir weiterleben und Hoffnung und Liebe in unseren Herzen behalten." Lana berührte beide noch einmal zärtlich. Phoenix hatte sich bereits zurückgewandelt. Sie stieg auf Albina´s Rücken und ritt ihrem König entgegen.

Langsam wurde es dunkel. Viele von ihnen würden lange Zeit benötigen, um alles Geschehene zu begreifen. Das Böse hatte schreckliche Wunden hinterlassen. Alle Verluste und große Trauer würden ihren Sieg noch lange überschatten.

Aber sie hatten auch viel *Gutes* dazu gewonnen. Eine neue große Gemeinschaft aller Lebewesen war entstanden. Liebe und Zusammenhalt waren eine starke Basis. Und mit diesem Fundament wäre eine gute Zukunft möglich.

Die neue Ordnung

Brock und sein Krähenheer war vernichtet. Der dunkle König war Vergangenheit. Die Schrecken seiner Taten und die Angst vor neuen, dunklen Mächten konnte nicht gänzlich vertrieben werden. Sie hatten so viele verlorene Leben zu bedauern. Das Geschehene würde ihre Gedanken noch lange gefangen halten. Wochen vergingen. Zu viele Verluste gab es zu verschmerzen und zu betrauern.

Dann rief Efania sie wieder zusammen. *Diese* Versammlung auf Lunar würde anders. Ohne Angst vor Brock und seinen Krähen. Sie mussten wieder Vertrauen gewinnen und einen neuen Anfang wagen. Ohne den *Lebensbaum* konnte auch das Böse genau wie sie selbst diese großen Kräfte nicht mehr nutzen. Auch die dunkle Magie hatte *in ihm* ihren Ursprung.

Jessaria und Lenara hüteten jedoch gemeinsam mit Lana und Efania ihr neues Geheimnis. Lana hatte die Feenkönigin noch auf Farw darüber in Kenntnis gesetzt. Efania war erleichtert und würde dieses Wissen mit Niemandem teilen. Sie war sich darüber bewusst, das es *noch besser* behütet werden musste als das Geheimnis des blauen Goldes. Oder sollten sie es doch heute preisgeben? Und wenn ja, wäre dann das Vertrauen größer oder würde die Angst sie wieder beherrschen?

Ihre Schwerter   hatten sie damals nach der Schlacht geschmiedet und sie würden sie für *alle Zeiten* aufbewahren. Sie waren durch das blaue Gold und die Samen des Lebensbaumes unzerstörbar!

Die vier Elemente und auch die Flasche mit den Säulen des Lebens konnten von Merlon gerettet werden. Brock hatte sie in seiner Gier nach der dunklen Flasche kaum beachtet und konnte sie nicht mehr rechtzeitig gegen sie einsetzen oder gar vernichten. Denn *das* plante er ganz zum Schluss. In seiner dunklen Vorstellung der Zukunft wollte er Stürme und Tornados über die Monde und Planeten bringen. Flammende Inferno's hätte er den Überlebenden geschickt, die alles restliche niederbrennen sollten. Fluten sollten dann noch das, was übrig war, überschwemmen. Die Zukunft jedes einzelnen Lebens hätte er am Ende mit seinem Gift zerstört, dass er überall auf der Erde verstreuen wollte. Ewige Unfruchtbarkeit wäre die Folge gewesen. All das hatte Merlon noch vor den Kämpfen in Brock's Gedanken lesen können. Er sah die Gelegenheit, als Brock sich auf Naransorr konzentrierte, nahm seinen Stein und die nutzte die Magie, um Elemente und Säulen mit einer schützenden Hülle zu versehen. Als nach Brock's Vernichtung alles drohte, zusammen zu stürzen, nahm Merlon sie an sich. So blieben sie unversehrt und das weitere Leben hatte seine so bedeutsame Grundlage zurück. Er übergab alles Efania noch auf Farw. Er wusste es damit in den besten Händen.

Wie damals waren sie versammelt. Efania stand oben an der Treppe und begann zu sprechen:„Ihr Mitglieder unserer neuen Gemeinschaft...es ist viel Zeit vergangen und wir konnten unsere Lieben in Frieden gehen lassen. Sie werden Alle für immer in unseren Herzen sein! Heute nun möchten wir Jenen danken, die ihr Leben für unsere Zukunft gelassen haben. Lasst sie uns ehren, indem wir gemeinsam die *neue* Zeit dieser *neuen* Gemeinschaft feiern. Der Tag ist gekommen, an dem *Freude* der Trauer weichen soll. Lasst uns schwören, diese Gemeinschaft für immer aufrecht zu erhalten und jeden neuen Versuch der dunklen Magie gemeinsam im Keim zu ersticken!"

Jubel brach aus. Jessaria und Lenara traten an ihre Stelle. „Auch wir möchten Euch heute etwas verkünden," begann Jessaria. Lenara nahm zwei kleine Beutel aus blauem Samt hervor. „Wir haben ein kostbares Geschenk für Euch Alle. Das Göttliche gibt uns noch ein letztes Mal die Möglichkeit, unsere Zukunft in gute Zeiten des Miteinanders zu lenken. Ohne *unser* tiefes Vertrauen *in Euch kann* es keinen Neubeginn geben!" Lenara öffnete die Beutel. „Hiermit überreichen wir jedem Herrscher der Monde, dem König und der Königin von Terror und unserer Feenkönigin Efania das Wertvollste, was wir jemals besaßen. Wir haben einen letzten Kristall erhalten, ihn in 5 gleiche Teile gebrochen und diesen *einen* Samen werden wir hier auf Lunar pflanzen. So können wir wieder neue Hoffnung schöpfen und die Säulen des Lebens ehren. Dies soll *kein* Geheimnis bleiben und Euch Allen zeigen, dass die Säulen des Lebens um einen weiteren Pfeiler reicher sind, und dieser Pfeiler heißt `Vertrauen`! *Nur damit* können wir gemeinsam von Vorne beginnen.

Mit Ehrfurcht traten Efania, Naransorr, Lana, Barrnon, Karracx und Retarr vor. Hier lagen die glänzenden Stücke nun in ihren Händen. Licht und Liebe, Ehrfurcht und Dankbarkeit, Gerechtigkeit und Vertrauen hielten Einzug in ihre Herzen und würden alle Lebewesen für immer im Guten vereinen. Barrnon trat vor und verneigte sich vor den Ur-Ahninnen.

„Jessaria, Lenara... vergebt mir meine Bitte. Mit Eurer Erlaubnis gebe ich diesen Schatz an meine beiden Söhne Farron und Serrcon. Sie haben in der Schlacht bewiesen, dass sie auf Thumar die Verantwortung für das Volk übernehmen können. Wenn *ihr* es zulasst, würde ich gerne an der Seite von Efania zusammen mit Drakarr und Darrcon auf Lunar bleiben. Ich verspreche Euch, dass ich immer für alle Lebewesen da sein werde, wo immer sie mich brauchen".

„So sei es! Vertrauen!" sagte Jessaria. „Und jetzt lasst uns unser Fest beginnen!" rief Lenara.

Efania und Barrnon umarmten sich und bei ihrem ersten, innigen Kuss in der neuen Ordnung klatschten alle vor Freude.

Im Norden von Farw gab es keine eisige Felsenlandschaft mehr. Nur einzelne Steine erinnerten noch an den den Krieg. Als Mahnmal ließen sie es so, wie es war. In regelmäßigen Abständen kamen sie von den anderen Monden und Planeten hier und *auch* auf Terrar zusammen, um niemals zu vergessen und ihre gegenseitige Treue erneut zu schwören.

Barrnon blieb mit Drakarr und Darrcon bei Efania. Sie bemühte sich sehr, für Darrcon da zu sein und seinen Schmerz zu lindern. Sie würden zusammenwachsen wie eine Familie. Auf ihre Art.

Lisseja und Punkarri akzeptierten die neuen Mitglieder an Efania´s Seite und ihre Zusammengehörigkeit war immer mehr zu spüren.

Barrnon´s Söhne Farron und Serrcon waren stolz und dankbar für das Vertrauen ihres Vaters und bewältigten ihre neue Aufgabe mit vollem Elan.

Die Verletzten des Krieges, die beiden Wächter von Lunar und auch Isol und Ankar... Dank der Kräuter von Lunar und der Hilfe von Eristin und Ilkarri wurden alle wieder vollständig gesund.

Naransorr und Lana freuten sich sehr auf ihre wunderbare, gemeinsame Zukunft mit ihrem Sohn Terus. Er würde zu einem neuen, würdigen Nachfolger heranwachsen. Merlon sollte sie dabei unterstützen. So hatte auch er eine neue Aufgabe, die ihn vielleicht irgendwann über den Verlust seiner großen Liebe Salixia ein kleines Stück hinweg trösten konnte...

Ein kleines Pflänzchen spross aus dem Samenkörnchen. Nicht weit entfernt von der Stelle, an der der erste Lebensbaum stand. Die Ur-Ahninnen und die Feen hegten und pflegten es als ihren größten und wertvollsten Schatz. Das Leben und die Natur hatte einen neuen Weg gefunden und etwas Gutes würde sprießen...

So lebten sie weiter...mit dem wertvollsten Geschenk des Göttlichen, mit Liebe und mit der Hoffnung auf eine Zukunft ohne Krieg...ohne Brock...aber auch ohne dunkle Magie?

Epilog

Werden sie es schaffen?

Kann es eine Zukunft ohne dunkle Magie geben?

Ist nicht in jedem Lebewesen auch Böses verankert?

Gibt es das Göttliche? Und hat es einen Plan?

Welche Rollen hat es uns dann gegeben?

All diese Fragen müssen wir uns wohl selbst
beantworten...

© Autorenfoto: Foto Braitsch, Trier

Spannend und kurzweilig, teilweise verknüpft mit eigenen Erfahrungen, erzählt Stephanie Wilkin mit viel Fantasie vom ewigen Kampf gegen das Böse. Sie liebt die Trilogie-Verfilmung von Tolkien´s `Herr der Ringe`. In ihrem **ersten** Fantasy-Roman sind verschiedenste Charaktere und Situationen beschrieben, die in unserer aktuellen Zeit allgegenwärtig sind. Sie erzählt von Krieg, Liebe, der Bedeutsamkeit von Freundschaft, den Elementen und der Natur. Sie stützt sich am Ende auf Hoffnung und Glauben, die ihr selbst geholfen haben, zu überleben.